31番目のお妃様 9

桃巴

B's-LOG BUNKO
ビーズログ文庫

イラスト／山下ナナオ

CONTENTS

31BANME NO OKISAKI SAMA 9

31番目のお妃様◆人物紹介
マクロン
ダナン国の国王。
『今日はいつから三十一日になったのです？』と言われなくなり、ホッとしている。
エミリオ(左)&ジルハン(右)
マクロンの双子の弟。
フェリア
ダナン国の王妃。
天空の孤島カロディア領出身。
元31番目のお妃様。

ラファト
フェリアの元『婚約者』を名乗る、モディ国の王子。
ペレ
妃選びの長老の長。
ビンズ
第二騎士隊の隊長。マクロンと幼少からの付き合いがある。
サブリナ(左)&ミミリー(右)
元妃候補。今はフェリアの忠臣。
リカッロ(左)&ガロン(右)
カロディア領主と弟。フェリアの2人の兄でもある。

1 終わりの始まり

言葉で表現するならば、ドヨーン、もしくは……ドヨヨーンだろう。

ほっかむり令嬢《れいじょう》二人は、薬草茶をちびちび飲みながらため息をついている。

「こんな晴天の日に、ずいぶん湿気《しけ》た……コホン、沈《しず》んだ面持《おもも》ちね」

フェリアは、侍女《じじょ》のケイトにギロッと睨《にら》まれて咳払《せきばら》いした後で言い直す。

見上げた空は青く澄《す》み渡《わた》り、草花の乾燥《かんそう》にもってこいの天候だ。

ここは11番邸《てい》。妃選《きさき》びではサブリナの邸《やしき》だったが、今は乾燥庫《かんそうこ》に整備され、さらに事業部の一環《いっかん》としてサシェ事業が行われた場である。

マクロンとフェリアの婚姻式《こんいんしき》後、後宮は正式に廃《はい》宮が決定し、現在は王妃管轄《おうひかんかつ》下に置かれ王妃宮となった。しかし、三十一を有する邸宅《ていたく》を管理するにあたり、その邸宅別々に呼《こ》称《しょう》を与《あた》える手間と覚える労力を鑑《かんが》み、邸の名称《めいしょう》はそのままとした。

「フィーお姉様」

「リア姉様」

サブリナとミミリーが力のない声でドヨーンとした顔を上げた。

「本当に湿気た面さね」

フェリアの背後に控《ひか》えている女性騎士《きし》のローラが快活に言い放った。

「好いた男にでも振《ふ》られたような面さね、アッハッハ」

ローラは冗談《じょうだん》半分のように言ったが、ドヨーンとした二人には、まさにグサリと一突《ひとつ》きされた如《ごと》く。ドヨーンはショボーンに、もしくはショボボーンになった。

「ありゃ、今度は萎《しお》れたさね」

いつも威勢《いせい》良く突《つ》っかかる二人の沈んだ様子に、ローラが面食《めんく》らう。

フェリアは、ローラの背中を押して『ちょっと離《はな》れていて』と遠ざけた。

侍女のケイトにも新たな薬草茶をお願いする。

お側騎士《そばきし》に遠巻きの警護を目配せし、フェリアは二人の座るティーテーブルに腰《こし》を下ろした。

「どうしたの？」

フェリアの優《やさ》しい問いかけに、ミミリーがハンカチに視線を落としながらポツリと溢《こぼ》す。

「全然会えないのです」

ミミリーの言葉に呼応するかのように、サブリナも例のハンカチを胸に押し当てながらコクンと頷《うなず》いた。

二人の手にはハンカチがある。

ミミリーは丁寧《ていねい》に刺繍《ししゅう》したハンカチ、サブリナはビンズに返せずにいるハンカチだ。

フェリアは『ああ』と納得《なっとく》した。

ジルハンは体力作りのため、マクロンと早朝鍛錬《たんれん》を共にしている。常にマクロンにくっついて王族としての責務に精を出しているのだ。エミリオが復籍《ふくせき》した時のように。

そして、ビンズは……一カ月以上もミタンニに滞在《たいざい》したマクロンにピッタリと張りついている。あの恐《おそ》れる笑顔《えがお》で常に控えているようだ。

「それなら、私もね」

フェリアは肩《かた》を竦《すく》めた。

「ミタンニまでの往復と滞在期間を合わせて二カ月ほど、ダナンの政務が滞《とどこお》ってしまったから、処理に追われて会えないわ」

マクロンもフェリア同様で、様々な書類の処理に毎日追われている。

「会えないというのは、こんなにも辛《つら》く感じるのですね」

サブリナが言った。

フェリアはフッと笑う。

「妃選びの時とは違《ちが》う？」

フェリアの言葉にサブリナとミミリーがハッとした。

妃候補としてマクロンの来訪を待っていた時とは違う感情なのだと、二人は理解したのだ。

「その辛い気持ちの方が、妃になるより得がたいものでしょ？」

二人の表情がゆっくりと華《はな》やいでいく。

フェリアは王塔《おうとう》を望む。

「妃になれなかった時と、今の気持ちとは……同じではないでしょ？　会えないのは一緒《いっしょ》なのにね。妃になれなかった時は悔《くや》しさ……じゃあ、今は？」

フェリアの言葉に、サブリナとミミリーの視線が重なる。

「好意を寄せられないから悔しいっておかしいわ。本当は、好意を寄せられなくて辛くなるものなのですね。こっちを見てほしい……これさえも妃選びと一緒なのに。この感情こそ得がたいもの」

サブリナがハンカチを愛おしげに見つめながら言った。

「ええ、この気持ちを感じられる今があることが、とても素晴《すば》らしいですわ！」

ミミリーが立ち上がる。

「そうね、こんな素敵《すてき》な感情を得られるなんて！」

サブリナも立ち上がった。

「さあ、二人とも元気になったのなら、もうひと踏《ふ》ん張《ば》りよ！」

フェリアも立ち上がる。

「サシェ事業から、寝具《しんぐ》事業へ新たな立ち上げだもの」

11番邸は、婚姻式の祝い品であるサシェの期間事業を終え、新たな事業に乗り出すのだ。

フェリアは、晴天の空を仰《あお》ぎ見た。

「王都の芋煮《いもに》レストランは閉店するわ」

その突然《とつぜん》の宣言に、皆《みな》の息が一瞬《いっしゅん》止まった。


マクロンは横目でジルハンを見る。

「はぁはぁ」

少しばかり息づかいが荒《あら》い。

「ジルハン、その辺にしておけ」

「いえ、兄上、あと三回は！」

ジルハンが薪《まき》を三本ほど持って立ち上がる。

「無理はするなよ」

「はい」

持ち上げた薪を地面にゆっくりと下ろす。

そして、また薪を持って立ち上がる。

ジルハンの視線が少し先で丸太に斧《おの》を入れるビンズに移った。

「まだまだ」

ジルハンが気合いを入れ直し、薪を抱《かか》える。

「ミミリー嬢《じょう》のためか」

マクロンは木刀を振りながら訊《き》いた。

「はい。ちゃんと抱《だ》き上《あ》げたいのです。目標の丸太を軽々と持ち上げるまでは鍛錬します！」

いわゆる、お姫《ひめ》様抱っこというやつだ。

マクロンは、ジルハンの気持ちが眩《まぶ》しい。純真な弟は、純白の言葉しか吐《は》かない。

その純白な言葉を受ける相手がミミリーだ。

妃選び時のミミリーを思い出し、マクロンはブルッと身震《みぶる》いした。あの『さまぁーん』の強烈《きょうれつ》なこと……悪寒《おかん》の走ること。

「白に白では心許《こころもと》ない。うん、確かに丸太並みの精神を彼の嬢は持っていそうだな」

「はい？」

マクロンが思わず溢した言葉に、ジルハンが小首を傾《かし》げた。

「丸太を抱えるだけの腕力《わんりょく》がつくと良いな！」

マクロンは一点の曇《くも》りもないジルハンの瞳《ひとみ》に、明るく言った。

「王様、そろそろお時間のようです」

薪割《まきわ》りを終わらせたビンズが声をかける。

マクロンの背後に、予定表を持った文官が控えていた。

「王様、本日の予定ですが……」

文官が言い淀《よど》んだ。

マクロンは、木刀をビンズに預けて文官に向き直る。

「何か、問題でもあるのか？」

ビンズとジルハンも文官に視線を向けた。

「城内に落とし物がありまして……暗号のような奇妙《きみょう》な……手帳なのです」

文官がおずおずとマクロンに手帳を差し出す。

「今朝方出勤時に、後宮の入り口で拾いました。本日の予定は埋《う》まっていますが……その奇妙な手帳に関して会議を落とし込むなら、予定を変更致《へんこういた》しますが」

マクロンは文官から受け取った手帳を開く。

ジルハンとビンズもそれを覗《のぞ》き込んだ。

「……これは、確かに奇妙ですね」

ジルハンがジッと手帳を見ながら言った。

マクロンの手がページを捲《めく》る。

「何やら、幾何学的《きかがくてき》文様……城内で何者かが秘密裏《り》にやり取りをしている可能性がありますね」

ビンズが険しい表情になった。

そして、マクロンは……皆の表情とは反対にフッと笑った。

「いや、会議の必要はない。この持ち主を我は知っている」

「どなたですか？」

ビンズが問う。

「いいか、ここには一角が描《えが》かれている」

マクロンは一ページ目を開いて指を差した。

「一角？　……一角と言えば魔獣《まじゅう》」

ビンズがポツリと言った。

「つまり、姉上の手帳なのですね！」

ジルハンがパッと顔を輝《かがや》かす。

「姉上は魔獣さえも暗号化するなんて、すごいです！」

マクロンは内心『いや、違う』と突っ込んだが口にはしなかった。

フェリアには、致命《ちめい》的な欠点がある。劇的に絵が下手なのだ。

手帳の一ページ目には、異様に角だけが大きく、体が微妙《びみょう》に小さいわりに爪《つめ》は詳細《しょうさい》に描かれているものがある。アンバランスなそれは、一角魔獣を見たことのある者でも首を傾げるに違いない。

マクロンがこの絵を見るのは二回目で、すぐにフェリアの手帳だとわかった。

フェリアの画力を認識《にんしき》しているのは、エミリオとイザベラ、ペレあたりだろう。それと、お側騎士やカロディアの者も同様だろうか。

マクロンは未《いま》だに眉《まゆ》を寄せるビンズに口を開く。

「た、たぶん、魔獣の覚え書きだろう。我が渡しておくから」

マクロンは懐《ふところ》に手帳をしまった。

そして、王妃塔を望む。

「しばらく、ゆっくり会えていないな」

今頃《いまごろ》、事業部だろうか、とマクロンは愛《いと》しい者を思う。

そして、懐にしまった手帳が懐《なつ》かしい記憶《きおく》を呼び起こした。

あれは確か二度目か、三度目の交流の間だったか……。

書庫に魔獣の図鑑《ずかん》を探しに行った時だ。

マクロンは魔獣に遭遇《そうぐう》したことがなく、芋煮の材料となる一角魔獣なる生き物を確認《かくにん》しようとした。

書庫に着くと、フェリアのお側騎士がおり、通路の先を指差した。

そこにフェリアがいるのだろう。マクロンは口元に人差し指を当てて、黙《だま》っていろと命じる。

お側騎士のゾッドが軽く会釈《えしゃく》して下がった。

なかなか会えないマクロンとフェリアに配慮《はいりょ》してくれたようだ。

ちょうど、ビンズもマクロンに控えておらず、頬《ほお》が緩《ゆる》む。

少しばかり通路を進むと、愛しい者の声が耳に届いた。

「やっぱり魔獣の本は少ないのね」

魔獣の生息地カロディア領に住んでいたフェリアらしい発言だ。

書庫に何をしにやってきたのだろうかと、マクロンは本棚《ほんだな》に身を隠《かく》しながらフェリアの様子を窺《うかが》う。

すると、フェリアがゴソゴソと何かをスカートの中から取り出した。

「フフッ、ここなら誰《だれ》にも見られないわ」

『すまぬ、私が見ている』

内心謝りながら、フェリアが取り出したスケッチブックを眺《なが》める。

フェリアは楽しげにペンを動かしている。

マクロンは少しずつ近づきながら、フェリアの頭上からスケッチブックを見た。

「完璧《かんぺき》ね！」

「それは、新しい紋章《もんしょう》か？　雄々《おお》しいな」

「まあ！　雄々しいことが見て取れるなんて、やっぱり完璧に描けているのね」

「フェリアの御旗《みはた》のデザインか？」

「私が角や爪がある凶暴《きょうぼう》者だって言うの⁉」

フェリアがバッと顔を上げた。

マクロンはスケッチブックを凝視《ぎょうし》する。

「マクロン様‼」

人差し指を口元に当てながら、マクロンはフェリアの横に腰を下ろした。

「なぜ書庫に来た？」

「どうして書庫に？」

マクロンと同じ問いがフェリアから出て、二人で笑い合った。

「先日から書庫を確認しているのですが、魔獣の本が少ないのです。ですから、少しでも記録しようと」

フェリアがスケッチブックを堂々と掲《かか》げた。鼻高々といった表情だ。

さて、フェリアは自身の絵が劇的に下手であると思っていない。

一方、マクロンは一般《いっぱん》的な画力と、絵の観察眼がある。

フェリアからスケッチブックを受け取り、ペラペラと捲っていく。

マクロンの手は微妙に震《ふる》え出す。魔獣らしきスケッチ、人らしきスケッチが描かれていた。全て、らしきスケッチだ。

「……これは、なんというか……グッ」

笑いを堪《こら》えるのにお腹《なか》に力を入れるが、涙目《なみだめ》になってしまった。

そんなマクロンの様子に、フェリアが感極《かんきわ》まっている。

「そんなに、感動していただけたのですね！」

華やいだその笑顔に違うとは言えまい。

「あ……ああ、前衛的描写《びょうしゃ》、斬新《ざんしん》的デザイン……たくさんの絵を見てきたが、初めて見る画期的な絵だ」

マクロンの言葉に嘘《うそ》はない。流石《さすが》、王マクロンである。

「嬉《うれ》しいです、マクロン様！」

フェリアがマクロンに抱きついた。

「あっ、そうだ。マクロン様を描いてみますわ」

マクロンからバッと離れたフェリアが、楽しそうにペンを持つ。

フェリアを抱き締《し》めかけていたマクロンの手は、所在なく宙に浮《う》いた。傍《はた》から見れば、ご愁傷様《しゅうしょう》とでも言われそうな残念な状況《じょうきょう》である。

「マクロン様、胡座《あぐら》で腕《うで》を組んで、目を閉じてください」

マクロンは心を無にし、フェリアの指示に従った。

シャッシャ、サラサラ……とペンが動く音を聞きながら、マクロンは頭を悩《なや》ませていた。出来上がった絵にどうコメントしようかと、あれこれと考えているとそのまま眠《ねむ》ってしまったのだ。


「王様……王様！」

ビンズの声に現実に呼《よ》び戻《もど》された。

「何やらニヤけた……緩んだ顔をしておりますね」

マクロンはキュッと表情を引き締める。

「その手帳を渡しに忍《しの》んでいくなど、予定がみっちり埋まっておりますので無理ですから」

ビンズが言い放った。

「何を言う、心外だ。忍んでなどいくわけがなかろう」

マクロンは文官から予定表を受け取り確認する。

『婚姻式も済んだのに、忍んでいくわけがなかろうに』との内心をビンズに悟《さと》られるわけ

にはいかない。脳内で堂々と王妃宮に行く算段をする。

マクロンは素知らぬ顔で、予定表を見ながら口を開く。

「ジルハン、道は覚えたか？　お前は地の道、ミミリーは空の道で北方と連絡《れんらく》を取ることになるが」

今日の最初の予定はミタンニ復国に関しての報告会だ。

エミリオとイザベラの出立まで残すところ一カ月となった。ミタンニ到着《とうちゃく》はその二カ月後あたりになろう。

遠路における連絡は重要な命綱《いのちづな》だ。

万全《ばんぜん》の態勢を整えるため、主だった者が集《つど》い最終調整に向けて報告会が開かれる。

もちろん、ジルハンやビンズも会議のメンバーになる。

ミタンニ復国における各自の役割が、達成されていなければならない時期にあるのだ。

ミタンニには現在、エミリオとイザベラの入城を出迎《でむか》えるため、ゲーテ公爵《こうしゃく》とペレが滞在している。

カルシュフォンとの交渉《こうしょう》を任され、アルファルドに滞在していた二人は、カルシュフォン関連の処理を終えた後、マクロンとフェリアと入《い》れ替《か》わるように、ミタンニに入っていた。

「はい！　ブッチーニ侯爵《こうしゃく》にはお墨付《すみつ》きをいただきました」

屋敷《やしき》で過ごすことが大半だったジルハンは、書物こそが友であり、情報や知識を吸収する能力に長《た》けている。道を覚えることも早かった。

「そうか、二つの道はダナンとミタンニを繋《つな》ぐ命綱であり、新たな事業にも不可欠だ。抜《ぬ》かりなくやり遂《と》げよ」

「精進致《しょうじん》します！」

ミタンニの王となるエミリオからジルハンは事業を引き継《つ》いでいる。

だからこそ、マクロンに付き従って行動しているのだ。マクロンに師事している状況である。

「ビンズ、荷屋敷からの運搬《うんぱん》は順調か？」

ミタンニ行きの荷は、ゲーテ公爵が管理していた荷屋敷にまとめられている。荷物の検分と運搬を任されているのはビンズである。

ビンズが軽く会釈した。

「はい。ミタンニ復国に失敗は許されません。郵政役ゴラゾン伯爵《はくしゃく》と共に順調に進めております」

新たに運搬業者の選定を行うより、郵政役ゴラゾン伯爵の手を借りた形だ。

「立ち寄れる補給村はいくつになる？」

アルファルド以北は、道も整備されていない悪路だ。乗馬できる者はいざ知らず、馬車で移動することになるエミリオやイザベラが強行できるものではない。補給村に寄りながらミタンニに向かう予定なのだ。

「便り所の設置予定は七村ですが、エミリオ様やイザベラ様が休憩《きゅうけい》できる村は三村となります。ゴラゾン伯爵が迎《むか》える準備を整えております」

空の道も繋げているゴラゾン伯爵の役割は多大だ。だが、本人は潑剌《はつらつ》と役割に精進している。颯爽《さっそう》とした頭を輝かせながら。

マクロンはここで、近衛《このえ》隊長に視線を送る。

「エミリオの近衛隊はどうだ？」

「抜かりなく。第三騎士隊である王城配備騎士が挙手し、すでに騎士隊を改編致しました」

ミタンニ王の近衛となれば、ミタンニ国で男爵《だんしゃく》位を得られることにした。貴族の次男三男が多いのが第三騎士隊なのだ。ダナンでは一代爵《いちだいしゃく》の騎士爵《きししゃく》しか得られない。挙手するのは当然だろう。

反対に、ビンズ率いる第二騎士隊は住み慣れたダナンの地を離れることに二の足を踏む。例え爵位《しゃくい》が得られようとも、ダナンの地への思慕《しぼ》が強いのだ。

「兵士の選抜《せんばつ》は第四騎士隊ボルグにより、すでに終わっております」

これらの事情により、またダナンの騎士試験は行われるだろう。抜けた人数が多いからだ。採用人数の多い騎士試験になることで王城の士気は高まっている。

もちろん、兵士の募集《ぼしゅう》もあり、一旗揚《あ》げようと王都に向かう腕っ節《ぷし》の強い者もいよう。

地方兵から王城兵を目指す者もいる。

「よし、準備も佳境《かきょう》だな」

マクロンは満足げに頷いた。

ミタンニ王の鎧《よろい》は、準備万端《ばんたん》のようだ。

王の頭脳もすでにミタンニにいる。ハンスのことはエミリオも承知だ。元近衛隊長、元近衛らと共に間者として裏で動いていることだろう。

王の経験の浅さは、ミタンニ忠臣ダルシュが埋めてくれよう。

何より、王の心は……愛する者で守られる。イザベラには十分に王妃の器《うつわ》があるからだ。

「残るは……我か」

マクロンは、ジルハンが下ろした薪をおもむろに一本摑《つか》む。

「ビンズ！」

ヒュンと薪はビンズへと投げられた。

そこからは素早《すばや》かった。

マクロンは脱兎《だっと》の如く駆《か》けていく。

「補給村に向かわせる薬事官を手配せねばならんからな、我は7番邸に行く！」

ビンズが薪に気を取られているうちに、マクロンは堂々と王妃塔に向かった。

「王様！」

チラリと振り返ったマクロンのニッと笑った顔に、ビンズのこめかみに青筋が立ったのは言うまでもない。

2 『ノア』と魔獣の異変

リカッロは7番邸《てい》で猫《ねこ》の手も借りたいほど忙《いそが》しくしていた。

「フゥ、人手が必要だが……誰《だれ》に言えばいいものか」

リカッロは辺りを見回す。

門扉《もんぴ》に警護の騎士《きし》、点在する配備兵、それから黙々《もくもく》と作業するネル。そして、自分しかいない。

『剛鉄の泥《どろ》団子』、『剛鉄の泥団子・改』、『マーブル瓶《びん》』、さらには『美容品三点セット』、『クコの丸薬』に、備蓄《びちく》用の薬草や丸薬等の準備も薬事官の仕事となった。

つまり、治療《ちりょう》は医官、薬や薬草全般《ぜんぱん》を薬事官が担《にな》うらしい。

泥団子系は、乾燥《かんそう》による使用期限があり出立間近に用意するもので、第四騎士隊が担当すると聞いてはいるが、材料は揃《そろ》えておかねばならない。

『秘花』に関しても栽培《さいばい》は庭師だが、管理と運用は医官下の薬事官になる。

時おり、新米医官やローラが手伝ってはくれるが、仕事量が多く賄《まかな》えていなかった。

王妃管轄《おうひかんかつ》下の事業と関わるため、ネルの手伝いはあるが、王妃となった妹フェリアの手は借りられない。

「残り一カ月か……どうしたものか」

リカッロは汗《あせ》だくになりながらマーブル瓶を作る大釜《おおがま》を混ぜている。

そこへ颯爽《さっそう》とマクロンが現れたのだから、リカッロは満面の笑《え》みになった。

誰に言えばいいのか――王マクロンに言えばいいのだから。


マクロンとリカッロは、互《たが》いに開口一番『人員を』と言った。

「申し訳ありません、ご挨拶《あいさつ》がまだでした！」

リカッロが膝《ひざ》をつく。

「構わん。それより人員とは？」

リカッロが薬事官の担う役割が多く、人員が必要なのだと説明した。

マクロンは7番邸の様子を確認《かくにん》し、自身の抜《ぬ》かりに気づく。

「気を配れずすまぬ。本来なら医官に手を回しておけば良かったのだが、ミタンニ復国に随行《ずいこう》する者の選抜《せんばつ》で、薬事官のことが後回しになってしまっていた」

「いえ！　こちらこそ力及《およ》ばず申し訳ありません。できれば、カロディアの者の手を借りたいのですが」

「それだ！」

マクロンはリカッロの言葉に被《かぶ》せるように言った。

「実は、我からも人員に関して頼《たの》みたいことがあって参った」

補給村に向かわせる薬事官が必要なのだ。

リカッロが王城で薬事官の仕事を担っている現在、ガロンがカロディア領を離《はな》れるわけにはいかない。

補給村にしてみれば、薬事官を遣《つか》わせることを条件に便り所の設置を承諾《しょうだく》した。エミリオが薬事官と共にミタンニに向かい、それぞれの補給村に赴《おもむ》けば信用も得られよう。

後々遣わせるより効果的である。薬事官の来訪が遅《おそ》ければ遅いほど、不審《ふしん》がられるはずだ、口約束は反故《ほご》にされたのかもと。

リカッロが、マクロンの説明に頷《うなず》いている。

「なるほど、脱兎《だっと》の如《ごと》く駆《か》け出《だ》し7番邸にやってきたのはそういうことでしたか」

いつの間にか、ビンズがマクロンの背後にいた。

マクロンはギクッと振《ふ》り返《かえ》る。

そこには、報告会の主要なメンバーらも並んでいた。

「王様への報告会なので、王様のいる7番邸に集合致《いた》しました」

ビンズがわざとらしくニーッコリと笑みを浮《う》かべた。

その横でジルハンが輝《かがや》く笑顔《えがお》をしている。

「合理的でいいですね！」

「ま、まあな」

マクロンは頬《ほお》を引きつらせながら答えた。

だが、その頬はすぐに緩《ゆる》む。

「フェリア！」

門扉をフェリアが通ったからだ。


7番邸の広間が報告会の場となった。

各自がそれぞれの役割の進捗《しんちょく》を報告していく。

「……以上となります」

マーカスが報告を終え、マクロンとフェリアは頷いた。

「ミタンニのダルシュから、城壁《じょうへき》外地域の開発計画と開墾《かいこん》経過の報告も届いている。各自で目を通してくれ」

遠く離れたミタンニ忠臣からの報告も終え、マクロンはリカッロと視線を交《か》わした。

「7番邸の状況《じょうきょう》について我から報告する」

補給村に遣わせる薬事官の手配と、リカッロの現状を簡潔に説明した。

「確かに、抜かっておりました」

マーカスが頭を下げると、続いて医官長も頭を下げた。

関連のある他の者も慌《あわ》てて頭を下げようとしたが、マクロンは手で制する。

「いや、我の方が抜かっていたのだ。王妃管轄下にある7番邸であっても、薬事官に関しては王の管轄下なのだから」

泥団子系は騎士や兵士、マーブル瓶は騎士や兵士に加え医官も関係する。

『秘花』を練り込ませた泥団子に至っては、育成している庭師も関わるのだ。

王妃管轄下の事業係との連携《れんけい》も必要であり、関連部署が重なることから、指揮系統が複雑になっている。

薬草の手配や補薬としての丸薬、さらに補給村への出張も担うのだから、リカッロ一人では到底《とうてい》賄えない。

何より、リカッロには美容品三点セットに力を入れてほしいところなのだ。

「それに、俺……じゃなくて、私はカロディア領主ですので、領地運営も滞《とどこお》ってしまいます」

リカッロが発言すると、皆《みな》が『そうだった』と今さら気づいたかのような表情になる。

「ねえ、カロディアちゃん。私、そろそろ帰るわ」

そこで、突拍子《とっぴょうし》もない発言をする御仁《ごじん》は、言わずもがなフーガ伯爵夫人《はくしゃくふじん》キャロラインである。

「そうね。帰領する兄さんと一緒《いっしょ》に行けば、フーガ伯爵に会えますわ」

フーガ伯爵夫人の思考に瞬時《しゅんじ》に到達《とうたつ》するのはフェリアぐらいだろう。そして、フェリアの言葉によって皆はフーガ伯爵夫人の台詞《せりふ》を解釈《かいしゃく》した。

リカッロを帰領させて人手を準備させるなら、私もフーガ伯爵が療養《りょうよう》中のカロディアに行くわ、そんな思考である。

フーガ伯爵は、すでに『クスリ』は抜け、体力を戻《もど》していると報告が上がっている。

アルファルド王弟バロンとガロンが担当しているのだ、詳細《しょうさい》に記録をしているだろう。

二人は医術のこと薬草のこととなると、とことん追究する性分《しょうぶん》だ。

「別件ですが、皆さんに私からも報告を。芋煮《いもに》レストランを閉店しますわ」

さてさて、11番邸の時と同様に報告会の面々が息を止める。

サブリナやミミリーもこの場に参加しているが、フェリアの続く言葉をジッと待っている。

「理由を」

マクロンが静かに問うた。

「王妃の手がける事業は、民《たみ》が継続《けいぞく》的に収益を得られる手段を示すためにあります。王妃宮となった三十一邸で得られた畑の収益をどのように使うのか、以前マクロン様と議論したことを覚えていますか？」

マクロンが頷く。

「ダナンの発展に使うと言い、芋煮レストランを開業したのだったな」

「はい。孤児院《こじいん》や医院への施《ほどこ》し、貧しい方たちへの炊《た》き出しには使わないと、私は言いました。一時の幸せでなく、継続する幸せを示すために」

「その継続する幸せを、閉じてしまうのか？」

マクロンの言葉にフェリアは首を横に振った。

「最初の種から、多くの種が飛び立ち根を下ろし始めています。王都で新たな芋煮レストランが三店ほど開業しました。国営の芋煮レストランの役割は終わったのです」

フェリアは大きく息を吸う。

「国営の芋煮レストランを継続すればするほど、新たに育っていく種を阻害《そがい》してしまいませんか？」

「なるほど、客はどうしても由緒《ゆいしょ》正しき国営に流れてしまうか」

そこで、皆が頷く。

「与《あた》えるのではなく、自立のために事業を行う。確かにフェリアは言っていた。そして、我は『我が未来の妃《きさき》は頼もしく、機知に富んでいるな』と口にした」

マクロンが記憶《きおく》から、当時の言葉を発した。

「新たな種の足を引っ張れませんから」

「我が妃は財に目もくれず、たくましいな」

「……それ、褒《ほ》めています？」

フェリアも記憶の中の言葉でお返しした。

「そして、今度は新たな種を育てます。皆さんもご存じでしょう」

フェリアは、サブリナとミミリーに目配せした。

二人は勢い良く立ち上がる。

「「寝具《しんぐ》事業ですわ！」」

皆の頬が緩む。

「国営の芋煮レストランで働いている者の手が空きます。新たな事業と薬事官補佐へと移しましょう」

フェリアの発言はここに繋《つな》がるためにあったのだ。


報告会を終え、マクロンは政務へと戻る。

フェリアのリボンを攫《さら》い、耳元で『今夜は王妃塔《おうひとう》へ行く』との甘い言葉を残して。

頬を熟《う》れさせながら、口をパクパクさせるフェリアを思い出し、マクロンは表情が緩む。

「王様、そのニヤけた顔を面会者に見せるおつもりですか？」

ビンズの言葉に、マクロンはキュッと頬を引《ひ》き締《し》めた。

今朝方確認した予定を思い出し、マクロンは口を開く。

「モディ国の特使だったか」

モディ国は、ミタンニの民を攫った直後に建国した草原の王の国である。

一国は滅《ほろ》び、一国が成る。

つまり、国としての歴史はまだ三十年しかない。

カルシュフォン同様に、ミタンニ復国に際し入国の挙手をした。過去の確執《かくしつ》を呑《の》み込み、エミリオが首を縦に振った国でもある。

攫われたミタンニの民は、ミタンニへの思慕《しぼ》を胸に留《とど》めながら、モディ国の発展に寄与《きよ》した。人攫《ひとさら》いではあったが、モディ国では不当な扱《あつか》いを受けていない。立国の立役者であり、身分は保障されていた。

そこが、カルシュフォンとは違《ちが》ったところだろう。

モディ国に関しては、遠方の文化圏《けん》の違う国であり、詳《くわ》しいことはあまりわからない。

三十年前に、草原の権力者をまとめ上げたモディ王によって立国したことと、ミタンニの民のような優秀《ゆうしゅう》な人材を集めて定住の基盤《きばん》を作ったこと、その程度だ。

三十年以上前の草原は、覇権《はけん》争いをする多くの一族や徒党を組む集団が、あちこちを移動しながら生活していたらしい。草原に定住という概念《がいねん》はなかったのだ。

草原に接する周辺国も、多くの一族や集団を統《す》べる力はなく、広大な草原にまで手を伸《の》ばしきれなかった。それを統べたのが草原の王と称《しょう》されるモディ王である。

とはいえ、広大な草原全土を掌握《しょうあく》しているわけではなく、定住国が草原に成ったということだ。草原にはモディ国に属さない一族や集団はまだ存在しており、昔ながらの移動生活をしているという。

その草原と、こちらの文化圏で面している国となれば、ミタンニとカルシュフォンになる。

「はい、特使です。モディ王の親書を携《たずさ》えていましょう」

特使は、通常の外交における使者とは違う。公《おおやけ》の場で親書を受ける正規外交ルートでなく、個人に向けて特別なやり取りを望む場合は特使を遣わせるのが通常だ。

ゆえに、王城ではなく、王都の宿場町に滞在《たいざい》している。

過去の遺恨《いこん》もあり、モディ王はマクロンと親交を持つために特使を遣わせたのだろう。

「執務殿《しつむでん》の応接室に通せ」

「はっ」

ビンズが廊下《ろうか》を小走りに駆けていった。

だが、この特使がダナンに大きな渦《うず》をもたらすことになる。


「お初にお目にかかります。私、モディ国第十三王子ラファトと申します」

マクロンは小さく頷く。

「ダナン王マクロンだ」

「失礼かと存じますが先に謝罪を。草原とは違い、こちらの文化圏の習わしに疎《うと》く気分を害される言動があるかもしれません」

ラファト王子が頭を下げる。

金細工輪飾《わかざ》りの髪《かみ》留めで長髪《ちょうはつ》を頭の上で括《くく》り、両手首にも黄金の腕輪《うでわ》が光り輝く。さらに、草原の衣装《いしょう》なのかコートのように長い詰《つ》め襟《えり》の上着に、ふわりと緩やかに膨《ふく》らんだズボン。

完全に文化圏が違うことが明らかな出《い》で立《た》ちだった。

だが、それよりも目を引いたのは、ラファト王子の顔立ちだろう。眉目秀麗《びもくしゅうれい》を体現したような男である。

「こちらを父から預かっております」

ラファト王子がおもむろにマクロンに近づくが、近衛《このえ》がサッと鞘《さや》で制した。

「おっと、申し訳ありません。親書のお渡《わた》しはいかようにするのが、こちらの手順でございましょう？」

物腰柔《ものごしやわ》らかく、ラファト王子が数歩下がって膝をついた。

近衛隊長がラファト王子に近寄り、親書を受け取った。

王の手に渡る物を、王が直《じか》に受け取ることはない。初見ならなおさらだ。

いくら新興国であっても、そのくらいはわかっていよう。先に謝罪をしてからわざと行動したのだ。

だが、マクロンは不快感を表すことはしない。近衛隊長から親書を受け取り、目を通す。

そして、ゆっくりと視線をラファト王子に移した。

穏《おだ》やかな笑みに潜《ひそ》む挑戦《ちょうせん》的な瞳《ひとみ》がマクロンを見ていた。

「カルシュフォンの一件を耳にし、居ても立ってもいられず参りました。婚約《こんやく》を反故にされた哀《あわ》れな私です。どうか、ひと目で構いません。私の元婚約者、ダナン王妃様にお目通り願いたく」

ラファト王子が両手を胸の前で重ね、仰々《ぎょうぎょう》しく膝を折った。

それが、草原の格式高い挨拶なのだろう。

ラファト王子の発言に、応接室にいた全員が耳を疑う。フェリアがラファト王子の婚約者だったというのかと。

この応接室には近衛隊長、ビンズ、マーカスがいる。そして、物陰《ものかげ》に隠《かく》れてペレも同席していよう。

マクロンは苦々しい思いをいっさい表情に出さず、ラファト王子を見る。

親書には、今となっては真実の追究ができぬことが記されていたのだ。

＊薬師夫婦《ふうふ》との酒宴《しゅえん》で、第十三王子ラファトとダナン王妃の縁談《えんだん》話があったこと。
＊婚約が叶《かな》わぬ事情は仕方のなかったこと。
＊酒宴での話が真であることは、特使の王子が証明するだろうこと。
＊特使の王子の要望を叶えてほしいこと。

フェリアの両親は、カルシュフォンのみならず、草原まで足を延ばしていたのだろうか？　その可能性は否定できない。リカッロも草原まで足を延ばし、幻惑草《げんわくそう》や幻覚草《げんかくそう》の取引を調べてきたのだから。

しかし、確認しようにも、血まみれの取引手帳を解読できようもない。

「我が妃はそちの婚約者だったと？」

「はい。ダナン王妃様のご両親は、草原まで足を延ばしておりました。草原の地に棲《す》む魔《ま》獣《じゅう》を見るための遠出だとモディに立ち寄ったのです。父と薬草の取引をしておりました。

取引後に酒宴を開いたのです」

そこでラファト王子が顔を上げ、目頭《めがしら》をソッと撫《な》でる。

「お悔《く》やみ申し上げます。王妃様にもお悔やみを申し上げたく存じます。草原の地でのご両親のご様子もお伝えできますので」

マクロンはギッと奥歯《おくば》を噛《か》み締めた。

詳しいことは、王妃にしか話さぬとの言い回しが見え隠れする。

ラファト王子はゲーテ公爵《こうしゃく》のような狡猾《こうかつ》さも持っているようだ。

「娘《むすめ》を貰《もら》ってはくれまいかと、ご両親は父と酒を酌《く》み交わしておりました。父も乗り気になり、……『ノア』……はその証《あかし》として薬師夫婦であるご両親にお譲《ゆず》りしたのです」

マクロンは小さく喉《のど》を鳴らす。フェリアの両親が『ノア』を持っていた整合性が示された。カルシュフォンの一件を用い、口から出任せを言っているわけではないと。

フェリアの両親が持っていた『ノア』を遠国であるモディ国が知っていた。否、『ノア』の出所は草原だったのだ。

それも、フェリアとの婚約の証として、モディ王が譲ったとラファト王子は言っている。

「草原の王は多くの妻を持ち、多くの王子と姫《ひめ》がおります」

ラファトは第十三王子だ。これも文化圏の違いだろう。否、ダナンもフーガ領では同じである。

「数多《あまた》の王子の中から、光栄なことに歳《とし》が同じ私が選ばれました。ですが、待てど暮らせど薬師夫婦は現れません。薬師夫婦は旅の行商人と思っておりましたので、足取りを追うことさえできません。まさに、カルシュフォンと同じでしたが」

遠方に向かう薬師の行商は、身元をあまり明かさない。取引内容で、命を狙《ねら》われることがあるからだ。何度か取引をし、信頼《しんらい》を得てから身元を明かすのが普通《ふつう》である。

貴族との秘密の取引、希少な薬草や薬の調合など、命を狙われやすい。フェリアの両親やガロンも、ハンスや元近衛に同じ理由で追われている。

リカッロもアルファルドで同じように狙われた。

だからこそ、通常の取引手帳と秘密の取引手帳があるのだ。

「さて、モディは『ノア』のお返しを反故にされました。カルシュフォンの一件から薬師夫婦の事情は理解しております。今回の親書は、私の想《おも》いを断《た》ち切《き》るためにと、父モディ王が背中を押してくれたのです。ひと目も会わずの婚約者……おっと、口が滑《すべ》り失礼致しました」

流石《さすが》のマクロンもラファト王子に鋭《するど》い視線を向けていた。

反対に、マクロンの表情を変えさせることに成功したラファト王子は笑みを浮かべている。

「その話が本当かどうか確かめようもない」

モディ国だけの言い分なのだ。

死人に口なし、モディ国が都合のいいように話を作っている可能性は大きいだろう。

いくら、『ノア』の話があるとしても、フェリアの両親が本当にフェリアとラファト王子の婚約を約束したのかは疑わしい。

一番の疑問は、旅の行商人と認識《にんしき》していた薬師夫婦の娘を、王子の妃にするなど通常は考えにくい。身元を知らぬ者とそのような約束をするとは思えない。いくら文化圏が違うとはいえ、疑問に思うところだ。

だが、そこを声高《こわだか》につつきたくとも、王であるマクロンが辺境の娘フェリアを召《め》したことと同じようなものだと返されるだろう。

フェリアの婚約の真偽《しんぎ》はどうあれ、『ノア』がモディ国からフェリアの両親に渡ったのは事実のようだ。

「はい、もちろんです！　『王妃様を寄越《よこ》せ』などとは申しません。『ノアの代わりを欲《ほ》しい』など、口が裂《さ》けても申しません！　ご両親の在りし日をお伝えしたく、『五年も待った間抜《まぬ》けな男を笑ってほしい』と望み、恥知《はじし》らずにも参った次第《しだい》です」

ラファト王子の挑発《ちょうはつ》的な言い回しに、応接室が氷点下となる。

ここまで挑《いど》まれて、マクロンが『是《ぜ》』を口にすることはない。個人的な要望など、マクロンの一存で退けることは可能だ。

マクロンが口を開きかけた瞬間《しゅんかん》に、ラファト王子が先んじて発した。

「王妃様とのひと目の面会で、ミタンニの民一人を返しましょう」

それは、マクロンの口を閉じるには十分な交渉《こうしょう》内容だった。


マクロンがラファト王子と面会していた頃《ころ》、フェリアは王妃塔で使者を出迎《でむか》えていた。

「お久しぶりにございます」

言った瞬間から、涙《なみだ》がブワッと溢《あふ》れ出す女性に、フェリアはハンカチを差し出した。

女性はハンカチを受け取り、ヨヨと泣く目元にソッと押し当てる。

「……何やら、とても落ち着く香りが」

女性がハンカチをスンと嗅《か》いだ。

「ラベンダーの香を垂らしているのです」

「素敵《すてき》……我が国は草花乏《とぼ》しく……このような趣向《しゅこう》ができなくて」

女性が悲しげに顔を上げた。気持ちを整えたのか、姿勢が伸びる。

「ご挨拶もろくにせず、申し訳ありません。初見ではありませんが、名乗らせていただきます。ラルラ国より参りました、リシャでございます。妃選び中だけでなく、その後もラルラ国の惨状《さんじょう》にご尽力《じんりょく》くださり感謝致します！」

女性は9番目の元姫妃《きひ》である。

カルシュフォンによって被害《ひがい》を被《こうむ》った国でもある。『紫色《むらさきいろ》の小瓶《こびん》』を精製するために、疫病《えきびょう》が蔓延《まんえん》した。それをリカッロが出向き終息させた。

そのことをリシャ姫は言っているのだ。

「リシャ姫、夜会以来ですね」

フェリアがリシャ姫に会うのは妃選びの最後の夜会、否、中断した夜会以来になる。

その夜会の最中にセナーダ政変が起こり、フェリアは出席した元妃らを15番邸で慌ただしく見送った。

婚姻式《こんいんしき》には元妃らの出席ではなく、それぞれの国の代表が来ている。

「カルシュフォンのことで？」

ラルラ国にしてみれば、カルシュフォンへ憎悪《ぞうお》を募《つの》らせても仕方がない。

そのカルシュフォンの悪行をダナンが暴いたにもかかわらず、新たな事業を展開しようとしているのだ。

ラルラ国からすれば、どういう了見《りょうけん》なのかと苦虫を噛み潰《つぶ》すような思いだろう。

「……いえ」

カルシュフォンの名を聞いたリシャ姫の瞳が一瞬《いっしゅん》鋭くはなったが、小さく首を横に振った。

「そのこととは別ですわ。父からこちらを頼まれました」

リシャ姫がラルラ王の親書を差し出す。

フェリアは、カルシュフォンのことでないならどんなことで？　と少しばかり困惑《こんわく》した。

寝具事業への理解を得ようと準備していたからだ。

ラルラ王の親書は、ゾッドにより危険がないか検分してからフェリアに渡された。

フェリアは中を確認し、その内容に眉《まゆ》を寄せた。

「乱獲《らんかく》……」

「はい。魔獣の乱獲が各地で行われ始めているのです」

ラルラ王から詳細はリシャ姫から聞いてほしいと記されている。

「どういうことか説明を」

「地図を広げますので、テーブルを拝借できましょうか？」

フェリアはゾッドに目配せし、用意させる。

リシャ姫がテーブルに地図を広げた。

ダナンからミタンニまで、そして草原も描《えが》かれている地図だ。

「我がラルラ国はここです。アルファルドと北緯《ほくい》を同じくする位置にあり、我が国の周辺は、ダナンからの情報があやふやになると言っても過言ではありません」

「情報があやふや?」

フェリアはリシャ姫の言葉を反復した。

「はい。言《い》い換《か》えますわ。ダナンから離れれば離れるほど、魔獣の情報が不確実になるのです。……魔獣ならどの肉も病に効果がある。魔獣の肉は万能薬《ばんのう》だそうだと」

フェリアは『え?』と目を見開いた。

「そんな間違《まちが》った情報が⁉」

「残念ながら、誤った危険な情報が出回り始めており、我がラルラ国より雪山を挟《はさ》んだ先にある草原の地に至れば……魔獣の肉に目が眩《くら》んだ者らの狩《か》りが横行しているようです」

草原の地には、魔獣の棲みかがそこかしこにある。

フェリアは予想もしていない状況に目眩《めまい》を覚えた。

「そんなに簡単に魔獣を狩れるはずはないわ」

フェリアの指摘《してき》にリシャ姫が頷く。

「多くの犠牲《ぎせい》が出ております。魔獣狩《が》りによる犠牲だけではなく、魔獣の肉による犠牲も」

魔獣の肉は食用には向かない。消化しきれず、内臓を痛めるだけだ。

一角魔獣の肉も干し肉処理をすることと、タロ芋《いも》による殺菌《さっきん》と中和効果で口に入れられるのだ。

「早急《さっきゅう》に手を打たねばならないわね」

フェリアとリシャ姫は頷き合う。

「それから、乱獲が始まっているせいか、魔獣も凶暴性《きょうぼうせい》が高まっているようで」

魔獣と距離《きょり》を置いて棲み分けていた地域で、魔獣狩りを行えば凶暴性が高まるのも無理はない。

今までは、畏怖《いふ》の対象だった魔獣が『金』に見えるのだ。人と魔獣の境界線がなくなれば、平穏《へいおん》な生活圏が失われるというのに。

カロディア領は、薬草を守るためという境界線がある。無闇《むやみ》な狩りはしない。そうやって、魔獣との均衡《きんこう》を保って共生しているのだ。

「まずいわ」

フェリアの脳裏《のうり》に太腿《ふともも》に牙《きば》を突《つ》き立てられた、幼なじみのサムが過《よぎ》る。

魔獣を凶暴化させると……暴走に繋がりかねない。小さな暴走が大暴走に繋がることもある。準備をしておかねばならないのは沈静草《ちんせいそう》だ。

「王妃様」

ローラがフェリアを呼び、視線を交わした。

「カロディアへ連絡《れんらく》を。いえ、リカッロ兄さんをすぐに帰領させせましょう」

リカッロの帰領は、三日後、7番邸の準備をしてからの予定であったが、事は急を要するようだ。

「リカッロ様が居《お》られるのですか⁉」

リシャ姫が身を乗り出した。

「ええ、7番邸で薬事官の仕事をしてもらっているのだけど、カロディアに帰領予定よ」

「わ、私も！　リカッロ様に同行願えませんでしょうか？」

リシャ姫の手が、祈《いの》るように胸の前で組まれている。

「先の疫病で大変お世話になりましたので、父からもリカッロ様のお役に立つようにと言われておりますの」

フェリアは『はて』と首を傾《かし》げた。

この表情は……サブリナやミミリーと似ていると。

「えーっと？」

「ご安心くださいませ！　一撃《いちげき》入領の条件は存じておりますわ。私の武器はこれです」

フェリアの理解が追いつかぬまま、リシャ姫が袖口《そでぐち》から取り出した武器は……なんとも可愛《かわい》らしい。

「パチンコ？」

いわゆる、やんちゃな子どもの武器。二叉《また》になった枝にゴム紐《ひも》をつけ、そのゴム紐で小石を放つあれである。

それに、レースやらビーズやらがあしらわれ、一見手鏡のようだ。放つのは小石ではなく、ビー玉が光っている。

そこで、寡黙《かもく》に控《ひか》えていたリシャ姫の侍女《じじょ》が口を開く。

「百発百中にございます」

今、それを言う？　魔獣の乱獲、凶暴化という緊迫《きんぱく》した話題からの……パチンコ百発百中発言に、キラリと光るビー玉。

フェリアは思わず、噴《ふ》き出した。

もちろん、部屋にいた者も口を押さえていた。

リシャ姫だけが、『え？　え？』と不思議がっている。その背後に、侍女がシレッとした顔で八つのビー玉を指に挟んだ両手を広げていたのだった。

『今夜は王妃塔に行く』

甘い夜となるはずが、全く違った雰囲気《ふんいき》だ。

マクロンとフェリアは、ベッドの上で膝を突き合わせて難しい顔をしている。

モディ国の第十三王子ラファトと、ラルラ国のリシャ姫の話を互いに伝えたからだ。

フェリアは、モディ王の親書に目を通しながら口を開く。

「『ノア』が草原から?」

親書には『ノア』のことは書かれていない。ただ、暗に示されている。真実はラファト王子が証明すると。そして、ラファト王子の口から婚約の証として『ノア』を譲ったとマクロンは挑まれたのだ。

「ああ、そのようだ。……だが、話の真偽は確認しようもないが」

フェリアの両親から証言は得られないのだから。

「一方的な話を全て信じるわけにもいかない。ただ、フェリアのご両親がモディ国に行ったことは確かだろう」

マクロンの言葉に、フェリアは赤ら顔で酒を飲む父と、陽気に酔《よ》う母を思い出す。

「お酒の席での約束なんてものが、まかり通るとでもモディ国は思っているのですか?」

フェリアは呆《あき》れたように言う。

「まず、あり得んな。だから、特使にしたのだろう。モディ国の言い分は一蹴《いっしゅう》しても問題はなかった。ただ……」

「ミタンニの民を引き合いに出されてしまっては、交渉を退けることはできませんわね」

マクロンが眉間《みけん》にしわを寄せながら頷く。

「ラファト王子は否定を口にしながらも、『王妃を寄越せ』『ノアの代わりを欲しい』……

続けて、腹立たしい台詞だが『五年も待った間抜けな男を笑ってほしい』と言った。フェリアとのひと目の機会で何を企《たくら》んでいるのやら。真の要望は隠していよう。ラファト王子は狡猾だ、会わせたくはない」

マクロンの手がフェリアの頬を包む。

「まさか、あのような曲者《くせもの》の特使がやってこようとはな。……腹立たしいものの、即答《そくとう》はできなかった」

マクロンの瞳に悔《くや》しさが滲《にじ》んでいた。

ラファト王子からの狡猾な言い回しの要望は、『王妃を寄越せないならノアを』、『ノアがないならひと目王妃と会わせろ』と解釈できる。

応接室が氷点下になったあれである。

最後には、『王妃様とのひと目の面会で、ミタンニの民一人を返しましょう』と申し出たのだ。ミタンニの民を引き合いに出されては、ダナンは断れないと踏《ふ》んで。

マクロンの言うように、モディ国だけの言い分だからと一蹴できなくなった。

「『ノア』を返してしまう手もあるが……」

マクロンがチラリとフェリアを見る。

「『ノア』の栽培に成功していると、モディ国は知らないのですし」

モディ国は、『ノア』と共にフェリアの両親が亡《な》くなったと思っていよう。『ノア』も無くなったものと思っているのだ。

フェリアの両親の死に、ダナン王家が関わっていることは公になっていない。つまり、崖下《がけした》に転落した事故は、『ノア』を狙う輩《やから》にやられたと思っているはずだ。

『ノア』は事故の際に紛失《ふんしつ》した。よって、ダナンが『ノア』を返すことなどできないと。

ラファト王子の要望を簡単に退けるなら、『ノア』を差し出せばいい。

だが、ミタンニの民の帰還《きかん》には繋がらない。さらに言えば、『ノア』がダナン内で育成を成功させたのではと勘《かん》ぐられるだろう。『ノア』は『秘花』同様、機密事項《じこう》である。

唯一《ゆいいつ》ダナンの『ノア』の存在を知っているのは、医術国アルファルドだけである。アルファルドでも『秘花』同様に『ノア』は機密事項になっている。

早々に、『ノア』の返却《へんきゃく》でお帰りいただくことはできないのだ。

いや、まだ『ノア』は一年目の育成が成功したに過ぎず、特効薬までの道のりは早くても残り二年を要する。『ノア』で引き下がってもらうほどの量は確保できていない。

それどころか、二年目の育成には少々手こずっている。

それに、ミタンニのことはマクロンだけで判断できない。ミタンニ王となるエミリオとも意見交換《こうかん》が必要になる。

「モディ国からミタンニ貴族に挙手し、エミリオのお眼鏡にかなった者は三名、今のところその貴族が引き連れるミタンニの民は十五名だ。多くのミタンニの民がいるモディ国からとしては少ない帰還人数になる」

モディ国にしてみれば、ミタンニの民を手放したくはない。立国の立役者であり、今なおモディ国を繁栄《はんえい》させる手になるのだから。

「ラファト王子曰《いわ》く、三名の貴族が引き連れる者以外に、ミタンニに帰還したい者は八十八名いるらしい。ミタンニ崩壊《ほうかい》はもう三十年も前の話だ。カルシュフォンとは違い、モディに根を下ろして平穏に暮らしている者もいる。代替《だいが》わりで、モディ国こそが故郷となった者もいる」

フェリアは穏やかに頷く。

何がなんでも、ミタンニの民を帰還させたいわけではないのだ。

三十年という月日は、困難を乗《の》り越《こ》えて次の芽を育んでいる。その根づいた芽を引き抜くことはしない。

「八十八名の帰還の条件が、私と会うことなんて」

フェリアは肩《かた》を竦《すく》めた。

「会わせたくはない」

マクロンがフェリアをソッと抱《だ》き寄せる。

「ひと目でいいのなら、外通路と中庭との距離でもいいのでは？」

フェリアは冗談《じょうだん》半分に言った。

「そのシチュエーションが腹立たしいぞ。あの王子なら、顔を武器に、フェリアに愛の言葉でも贈《おく》りそうだ」

「それ、返品可能かしら。愛の言葉は、愛《いと》しい人から欲しいのであって、見ず知らずの人から突然《とつぜん》贈られても……気持ち悪いだけですわ」

マクロンがプッと笑った。

「ああ、こう言っては失礼だろうが……対象外からの言葉ほど、悪寒《おかん》が走ることこの上ない」

マクロンの脳裏に過るのは『さまぁーん』である。あえて、誰を指すのかは言わない。

「私の一カ月の予定は埋《う》まっているはずですわね？」

「ああ、だから調整が必要だ」

「フフ、もうひと目の機会を与えると結論が出ているみたいですね」

マクロンが仏頂面《ぶっちょうづら》で頷く。いや、ふてくされているような表情だ。

「口約束にならぬように確約文書にサインさせるつもりだ」

フェリアに会わせた後で、そんな約束はしていないと反故にされる可能性を潰すためだ。

「こちらが始めに約束を反故にしたのだから、モディ国も一度約束を反故にする権利があるとでも言いそうですわね」

「ああ、なかなか狡猾な男だ、ラファト王子は。だからこそ、どう会わせるのかだけ検討している。夜会を開くのも手だ」

多くの者の視線がある中なら、下手な企《くわだ》てができないからだ。

「夜会を八十八回開くのは、難しいですわね」

フェリアはクスクスと笑っている。

マクロンがフェリアの頰を軽く摘《つ》まんだ。

「面白《おもしろ》がっているな」

「ひゃって、マキュロンしゃまの」

マクロンが手を離す。

フェリアは頰を擦《さす》りながら『ふてくされた顔が面白いから』と続けた。

マクロンが『参ったな』と頭をポリポリ掻《か》いた。

「とりあえず、幾度《いくど》か夜会を開催《かいさい》することにした。エミリオ出立の壮行《そうこう》会のような意味合いになる」

「賜《たまわ》りましたわ。ひと目の逆襲《ぎゃくしゅう》をご覧に入れられればいいのですけど」

マクロンが少しだけ心配そうにフェリアを見つめる。

「ご両親のことを餌《えさ》におびき出そうとする可能性もある。心が揺《ゆ》れるとは思うが」

「行きませんわ。ノコノコと出向きはしません。そうですわね、行くなら……どの撃退《げきたい》物なら問題になりません？」

　フェリアは小首を傾げる。

「流石に、三ツ目夜猫《やびょう》魔獣の髭《ひげ》の鞭《むち》だと、襲《おそ》われ怪我《けが》をしたと言われそうですし、『マーブル瓶』も良さげですが、変な薬品をかけられたと騒《さわ》がれても……眠《ねむ》らせるのが一番かしら！」

「待て、待て、一国の王子にそんなことを……ああ、眠らせればいいな」

　マクロンとフェリアは一瞬無言で見つめ合い、互いに噴き出した。

「まあ、ラファト王子のことはさておき、魔獣のことを」

　話は、ラファト王子から魔獣に移る。

「すでに、伝鳥でミタンニとカルシュフォン、アルファルドには知らせを出しました」

　マクロンが頷く。

「魔獣の生息地は、人が踏み入れられない場所がほとんどだ。本来なら、魔獣を目にすることはないだろうに、金に目が眩み、魔獣狩りとは厄介《やっかい》だな。危険性をわかっていない」

　カロディアのように人の生息域と、魔獣の生息地が隣《とな》り合わせなのは、珍《めずら》しいことなのだ。断崖絶壁《だんがいぜっぺき》、天空の孤島《ことう》たるカロディア領だからこその共存だ。共存しているから、魔獣のことは詳しくなる。

「ちょっと危険な獣《けもの》狩《が》り程度に思って、手を出しているのでしょう」

「ここで早急に手を打たねば、大事になりそうだな」

「ええ、正確な情報が行き渡らねば本格的に乱獲が始まるでしょう。それに伴《ともな》い犠牲者も増えていくと思われます」

リシャ姫曰く、魔獣狩りの影響《えいきょう》か、魔獣が生息地から出ているとの情報がある。

「魔獣は本来群れを成さないのですが、生息地を離れ移動しているなら……群れになり暴走へと繋がる可能性が出てきます」

フェリアは自身が経験した惨劇《さんげき》が目に浮かんだ。

「フェリア」

マクロンがフェリアを気遣《きづか》う。膝を突き合わせた状態から、フェリアの横に移動してソッと肩を抱き寄せる。

フェリアはフッと力が抜け、マクロンに身を寄せた。

「無闇な魔獣狩りで、魔獣は興奮し凶暴化する。凶暴化の目印は『赤い瞳』です。魔獣の種が違っても『赤い瞳』で同類と認識し群れ始めます」

フェリアの説明にマクロンが耳を傾《かたむ》けている。

「本来、魔獣を狩る時の条件は、一個体を対象とするのです。多くの魔獣を同時に狩ることはしません。狩りの最中に魔獣は興奮して『赤い瞳』になります。その時に、もし他にも同じように興奮し『赤い瞳』になった魔獣がいたなら……」

「群れとなり、移動し、暴走へ繋がると?」

マクロンの言葉にフェリアは頷いた。

「だが、カロディアの……サムが犠牲になった暴走はなぜ起きた？」

「暴走には、外的要因と、種としての周期的要因があります。魔獣は何十年かに一度生息地を広げるために、大きな暴走をするのです。カロディアのような僻地《へきち》に魔獣が棲んでいるのも、大暴走により移動してきたものだと言われています」

「知らぬことばかりだ」

「……草原の地こそ、魔獣が古来より棲みかとしてきた地なのだと、両親は言っていました」

ラファト王子の言葉に意図せず繋がってしまった。

フェリアの両親は、草原に棲む魔獣を見るために立ち寄ったということに。

「魔獣の知識に私は乏しい。既存《きそん》の図鑑《ずかん》で種を覚えている程度だ。正確な情報が流布《るふ》されればいいのだが」

各国が禁止の命令を出したところで、魔獣が金になると、その欲に目が眩んだ者が簡単に従うわけもない。危険と引き換えだが金が手に入るとなれば、貧しい者には魅力《みりょく》的であり、商人には格好の取引商品になる。

「マクロン様、書庫でのことを覚えていらっしゃいますか？」

フェリアは懐《なつ》かしい思い出に笑みを浮かべた。

「既存の魔獣図鑑は、古いもので情報量が少ないのです。それは各国も同じでしょう。新たに最新の魔獣図鑑が必要だと思いますわ」

マクロンも今朝方、同じ思い出が脳裏を過っていたばかりだ。

「確かに。本当は疫病後に、魔獣の図鑑を新たに編纂《へんさん》しようとしていたが、色んなことが立て続けに起こり頓挫《とんざ》していた」

妃選びから始まった数々の事変は、毒のお茶会を経て、疫病から始まり、フェリアの昏《こん》睡《すい》や前王妃の死の真相、エミリオ、ジルハンの復籍《ふくせき》、偽物《にせもの》のサシェからカルシュフォンの一件へと繋がった。疫病から始まり、疫病の全解明で終わっている。

ダナンを救ったことになる一角魔獣の干し肉とタロ芋、魔獣に関してだけまだ手つかずだ。

「魔獣図鑑となれば、やはりリカッロの手が必要になってくるが……薬事官のことも含《ふく》め役割が多すぎる。そういえば……」

マクロンがおもむろに懐《ふところ》から手帳を取り出した。

「あ！　それ、私のです」

「日程管理の文官が後宮の入り口で拾ったと私に預けたのだ。落とし物に気づかぬ警護態勢なのが気になるが」

フェリアの落とし物に、お側騎士《そばきし》や女性騎士が気づかぬのは確かに問題である。

「わざと置いたので」

フェリアは目を輝かせる。

「やっと、カロディアの魔獣全てを記録できたので披露《ひろう》したくて。でも、ローラ姐《ねえ》さん、じゃなくて、ローラに止められて。王妃が手がけたものだと知った上だと、おべっかを言われるだけだって。生の声を聞くなら、その辺に落としてみればいいと」

フェリアは嬉《うれ》しそうにマクロンを見つめている。

ローラの判断に間違いはない。間違いはないのだが……自身がその役目を担うことになろうとは、とマクロンの内心は冷や汗を掻いている。

「文官は、あまりの出来映《できば》えに感嘆《かんたん》していましたか？」

「ん、いや、なんというか」

マクロンが言い淀《よど》む。

「これを参考に魔獣図鑑を完成させ、正確な情報を流布致しましょう！」

『いや、これを各国に流布すれば、さらなる混乱を招く』

マクロンの内心はそう突っ込んでいたが、喜色満面のフェリアに真実を告げる勇気はない。

「こ、これは、魔獣の全てを網羅《もうら》していまい。まず、草原も含め魔獣の全種を調べる必要があろう。魔獣図鑑の編纂はそれからだ。今は、図鑑より早急に乱獲の禁止を打ち出し、凶暴化を防がねばならん。金に目が眩み、魔獣狩りをする者を止めるためには……やはり名が知れ渡ったカロディアの者を使者にして各国に動いてもらわねば」

単なる使者でなく、カロディアの者である必要があるのだ。先の疫病や、今回のカルシユフォンの一件で、アルファルドとの医術協力も含め、カロディアの名は各国に知れ渡っている。

カロディアから来たと言えば、手厚い歓迎《かんげい》があるだろう。

もちろん、カロディアの者はそんなことを口にはしない。身元を明かしての行商には慎《しん》重《ちょう》だからだ。

「リカッロ兄さんの帰領を早めました。明日早朝に出発します。ラルラ国のリシャ姫も同行するのですよ」

「ああ、聞いている。パチンコだったたか、クックッ」

「ええ、控える侍女との連携のすごさは目を見張るものでしたわ」

リシャ姫との面会時、その腕前《うでまえ》を確認したのだ。

「カロディアか……私も一度はフェリアが育った地を見てみたいものだ」

「もれなく魔獣がついてきますよ」

マクロンとフェリアは互いに微笑《ほほえ》み合う。こんな会話もいつぞやにしていたと思い出していているからだ。

マクロンがソッと燭台《しょくだい》の灯《あか》りを消したのだった。


翌早朝、日の出を前にして王妃宮を渡り歩く人影《ひとかげ》は、フェリアとリカッロ、ネルである。

「やはりか」

リカッロが眉を寄せて言った。

二年目の『ノア』の育成を、リカッロの帰領前に三人は確認しているのだ。

王妃宮三十一邸それぞれに、小さな範囲《はんい》で『ノア』を蒔《ま》いたのは、マクロンとフェリアがアルファルドへ、そしてカルシュフォンへと向かうこととなった少し前である。

ミタンニで滞在した期間を含め、三カ月は過ぎているが『ノア』の育成状況は芳《かんば》しくない。

「通常なら二カ月で芽吹《めぶ》き、昨年の31番邸では一カ月半の芽吹きだったのに、今年は芽吹きも遅いし、発芽率は残念ながら低いわ」

フェリアは、落胆《らくたん》を隠せない。

「私の世話が至らなかったのでしょうか？」

ネルがフェリア以上に項垂《うなだ》れて言った。

フェリアの不在時は、王妃直轄《ちょっかつ》事業部薬草係のネルが『ノア』の世話を頼まれていたのだ。

「いや、元々『ノア』の発芽率は低いんだ。昨年の31番邸が異常だったって方が正しい。父さんや母さんも過去に二度ほど挑戦する機会があったらしいが、発芽したのは一度だけ、その後は不育だったそうだ」

そこがやはり『ノア』の稀少性《きしょう》なのだ。

時おり出回る『ノア』の育成は、各薬師が挑み失敗を共有するのだが、成功への道筋は、未《いま》だ見えていない種である。

リカッロも、両親の懐にあった『ノア』を、カロディアの土壌《どじょう》で一度試《ため》したが失敗に終わっている。

リカッロがフェリアとネルを励《はげ》ますように、肩をポンポンと叩《たた》く。

「お眼鏡にかなった土壌であっても、発芽の確立は五分の一にもいかないらしいからな」

「まさか、薔薇《ばら》咲《さ》き誇《ほこ》る15番邸でさえ芽吹かないなんて思わなかったわ」

フェリアはため息をついた。

「予想通り31番邸では発芽したわけだ。なんとか開花させたいな。まあ、ガロンの見解も聞け、フェリア」

7番邸での報告会後、リカッロと入れ替《か》わるため、早馬が出てガロン招集の命が伝えられているはずだ。

「そうね。ガロン兄さんなら発芽状況を見て、打開策が浮かぶかもしれないわ」

三十一邸のうち、成功したのは実に五邸。31番邸の他に、1番邸と11番邸が二カ月強で発芽し、10番邸と25番邸が三カ月半で少しばかり芽吹いた程度である。

「ネル、ガロン兄さんが滞在する準備を」

「かしこまりました」

フェリアとリカッロは、ネルを見送りながら31番邸へ向かう。

「『ノア』のことは聞いた。まさか、モディ国まで行っても、父さんと母さんは酒のつまみの縁談話をしているとは思わなかった」

リカッロが懐かしむように言った。

「本当に嫌《いや》になっちゃうわ」

フェリアも笑っている。

「お前の元婚約者を、昨日考え得る限りで数えてみたんだが……驚《おどろ》くなよ」

リカッロがニッと笑っている。

おもむろに、右手の指を三本立てた。

「三十人だ。それで、昨日のモディ国の王子を入れると三十一人だぞ！　実に感慨深《かんがいぶか》い数だな」

リカッロの左手が一本立つ。

「嘘《うそ》!?」

フェリアは思わず叫《さけ》ぶ。

「そんなに多いわけないじゃない!」

「いやいや、カロディアだけで七人だ。他の領に薬草や薬を卸《おろ》していたから、そこでも酒のつまみの縁談話をしている。俺の記憶と見立てでは三十は固い」

「それでも、縁談の席は開かれなかったわ。私、一度だってお見合いなんてしていないもの」

フェリアの縁談が決まらなかったのは、十五歳で魔獣の暴走に対処したことが大きいだろう。候補であった幼なじみらは、フェリアと距離を置いたからだ。

だから、他領でも酒席の際に縁談話をして、両親は候補を探していたのだ。しかし、酒の席での縁談話を本気にする者はいない。

そして、両親の死により、正式に縁談が組まれることはなくなってしまった。

喪《も》に服す三年で婚期《こんき》が過ぎ、フェリアは二十二歳になってしまったのだ。そして、後宮へと召され二十三歳での婚姻になった。

つまり、フェリアの初めてのお見合いはマクロンと言えなくもない。

「はぁ、もうその話はいいわ。それよりも、魔獣のことよ」

「まあな」

そこでやっと二人は真剣《しんけん》な顔つきになる。

「沈静草を準備しておくのと、各国に遣わせる使者か。それに、薬事官補佐が何人か必要になるわけだ」

芋煮レストランから助っ人《すけっと》が来たが、それだけでは薬事官の仕事はカバーできないだろう。

「それに、補給村に向かわせる者も必要よ」

リカッロが頭をガシガシ掻いて『そうだった』と返す。

「頼んだわ、兄さん」

「おおよ、任せておけ。それよりも……」

リカッロが身を屈《かが》めて、フェリアの耳元で口を開く。

「フーガ伯爵夫人はさておき、まじで、リシャ姫が同行するのかよ？」

フーガ領の船レースのこともあり、リカッロはフーガ伯爵夫人のことは性格も踏まえ承知している。

「ええ、そうね。まあ、同行といえど、リシャ姫は馬車だろうから、先駆《さきが》けして屋敷《やしき》の準備をして頂戴《ちょうだい》」

フェリアもコソコソと言った。

「いや、無理だって。一国の姫をどう迎《むか》えろってんだよ」

「大丈夫《だいじょうぶ》よ。サリーがいるわ」

元女官長サリーと配下の侍女が、カロディア領主家で下働きしているのだ。

「これをサリーに渡しておいて。ちゃんと指示してあるから」

フェリアは、リカッロに文を渡す。

「そうか！　サリーに任せておけばいいんだな」

リカッロが安心したのか、背筋を伸ばした。

「ガッハッハ、まあ、魔獣をひと目見たら、早々にお帰りになるだろうし……諦《あきら》めてくれるよな」

どうやら、リシャ姫の自身への思慕をリカッロも理解しているようだ。

「一撃入領の準備をしてきたぐらいだから、そうはいかないんじゃないかしら」

「リシャ姫はそういう方だったな。……姫だろうがなんだろうが、魔獣のことを詳しく知ってもらわなきゃいけない。なんだか、今になって嫌な予感がしてきた。どこかで暴走は起こるだろうが、大暴走にまで発展しなければいいが」

「そうね」

二人は31番邸で『ノア』の状況を確認した後、出発のため城門へと向かったのだった。

3 一手二手

リカッロらが出発して一週間が経《た》った。

今夜、エミリオのための夜会が開催《かいさい》される。出発まで一週間に一度の開催が決まっている。

マクロンにとって、ラファト王子にフェリアを会わせることになる気乗りしない夜会ではあったが、主題はエミリオの壮行会《そうこう》なのだ。

「仕方あるまい」

朝から何度も自身を納得《なっとく》させるかのように呟《つぶや》いている。

だが、その気持ちを逆なでするような報告がビンズから入るのだった。


「なんだと!?」

マクロンは、思わず不機嫌《ふきげん》な声を出す。

ビンズも苦虫を噛《か》み潰《つぶ》したような表情で、報告をしている。

「では、もう一度、報告致《いた》します。宿場町に滞在《たいざい》中のラファト王子は、一週間王都の貴族御用達《ごようたし》エリアを出歩き、あの眉目秀麗《びもくしゅうれい》な顔で、『哀《あわ》れな王子の物語』を語り歩いていたのです！」

まさか、そんなことをラファト王子がするとはマクロンは思っていなかった。

もちろん、『ノア』のことは口にしていないが、モディ王がフェリアの両親と酒を酌《く》み交《か》わし、婚約《こんやく》と成った。まだ、ひと目も見ずの婚約者に焦《こ》がれ、ラファト王子は五年も待っていたと、あの顔で言い回っていたというのだ。

憂《うれ》いを滲《にじ》ませた顔で、『間抜《まぬ》けですよね、私は』と付け加えて。

「『草原の王子の悲恋《ひれん》』やら、『引《ひ》き裂《さ》かれたひと目見ずの恋人《こいびと》』やら、王都の貴族女性の間では、そういった風に流れております！」

ビンズももう投げやりに言い放った。腹立たしい気持ちを通《とお》り越《こ》したのだろう。

「反対に！　貴族男性の間では、『胡散臭《うさんくさ》い王子の戯《ざ》れ言《ごと》』やら、『顔だけ王子の悪あがき』やらと……王都貴族の男女が反目しているような有様《ありさま》です」

マクロンは、目頭《めがしら》を押さえた。

「……ラファト王子の戦略だろう。夜会前に令嬢《れいじょう》やご夫人らを味方につけたのだ。見誤った。あの顔の出番は、最初にフェリアに会う時だと思っていた」

「ええ、私も同じでした。ラファト王子は今頃《いまごろ》ほくそ笑《え》んでいましょう」

ビンズが悔《くや》しげに言った。

フェリアは久しぶりの夜会のため、侍女《じじょ》らに着飾《きかざ》られていた。

「王妃《おうひ》様、絶対に心揺《ゆ》れぬようにお願いします！」

侍女が鼻息荒《あら》く言う。

「はい？」

ここでも、ラファト王子のことが侍女よりフェリアに伝えられている。

「……というわけなのです。王都では今や、『悲恋の王子』は注目の的。王都の女性陣《じん》と違《ちが》って、私たちはもちろん王様推《お》しですから！」

「推し？」

フェリアはなんだか可笑《おか》しくなってきた。

「そのような余裕《よゆう》は、あの顔を見ればなくなりますよ。……あの顔立ちにはほとんどの女性は動揺《どうよう》しますから」

侍女の言葉に、フェリアは振《ふ》り返《かえ》る。

「会ったことが？」

侍女がコクンと頷《うなず》いた。

「目を奪《うば》われます。出《い》で立《た》ちも異国のもので、それがまた凜々《りり》しく……ハッ、いけませんわ」

侍女が顔をブンブンと横に振って、ラファト王子の相貌《そうぼう》を振り払《はら》っているようだ。

「王都に毎日出没《しゅつぼつ》していましたから、ほとんどの者が認識《にんしき》していているかと思います」

「珍獣《ちんじゅう》扱《あつか》いのようね」

フェリアは、自身の言葉にまた可笑しくなってしまった。

「入るぞ」

フェリアの部屋に許可なく入れるのは、マクロンしかいない。

「何を笑っていたのだ？」

マクロンがフェリアの手を取る。

「王都に出没する珍獣の話を」

「……もう耳に入っていたか」

マクロンが心底嫌《いや》そうに言った。

「王妃塔《おうひとう》の者は皆《みな》マクロン様推しですから、ご安心を」

「なんだ、その推しとは？」

マクロンとフェリアはフッと笑い合った。

「さて、気乗りはしないし足取りは重いが、行くとするか」

マクロンとフェリアは夜会場へと向かうのだった。


「長居はしない」

マクロンが廊下《ろうか》を歩きながら言った。

今夜の主役はエミリオとイザベラだからだ。

すでに、エミリオとイザベラを壇上《だんじょう》にして夜会は始まっている。

「そうですわね。ミタンニに関連する者を集めた夜会ですし、ダナンの王と王妃は参加者という立場になると？」

「ああ、その通り。壮行会的意味合いではあるが、ミタンニの夜会と位置づけた。エミリオの警護体制の練習にもなる。出発まで三週間、できる限りのことは経験させたい」

それは、ダナン王としての言葉だけでなく、弟を想《おも》う兄の気持ちでもある。

「あと、三週間ほどでお別れなのですね……初めてエミリオと会った時のことを思い出しますわ」

イザベラへの感情を拗《こじ》らせ、捻《ひね》くれていた頃《ころ》のエミリオを。

「あの頃より、面構《つらがま》えも精悍《せいかん》になった」

マクロンが完全に兄の顔になる。

「ええ、負の感情も呑《の》み込める器《うつわ》になったと思います」

自身の境遇《きょうぐう》、カルシュフォンやモディを含《ふく》め遺恨《いこん》のあった者を受け入れる度量、エミリオは負の感情を凌駕《りょうが》する芯《しん》を持ったように思われる。それが顔つきに表れているのだ。

「本当は、ダナンで婚姻式《こんいんしき》を開いてやりたかったが、ミタンニ王であるべくミタンニでの開催をエミリオ自身が宣言した。確かに、ミタンニの復国と同時に王の婚姻式も行えば、民《たみ》の結束も高まろう」

ダナンから来た王ではなく、ミタンニの地で婚姻の宣誓《せんせい》をしたミタンニの王。その事実が復国の最初の記録となるのだ。

だが、イザベラの立場を守るため、すでに王妃としての地位は確立した。

二人は誓《ちか》いの木を決め宣誓をした。その木をミタンニまで運ぶことにもなっている。

ミタンニの忠臣ダルシュが……優秀《ゆうしゅう》な庭師ダルシュが、きっと根づかせてくれることだろう。

「ダンス一曲で退散しよう」

「私は珍獣をひと目見れば良いのですね」

「ああ、ひと目だけで退散だ」

「マクロン様って……相当意地悪ですわね」

「何を言う。あっちが、ひと目の機会を希望しているのだ。こっちは、希望通り見せてやるだけで良い」

マクロンがフンと鼻を鳴らす。

フェリアはクスクスと笑った。

「でも、そういうわけにはいきませんでしょ？」

「ああ、むかつくことにな」

「ダナン王は狭量《きょうりょう》だなどと言われかねませんものね」

マクロンが大きくため息をついた。

「それでも構わんがな。私は意地悪でなく独占《どくせん》欲の強い男なのだ」

「フフ、私だって同じですわ。マクロン様のたった一人の妃《きさき》ですもの」

二人は穏《おだ》やかに微笑《ほほえ》み合い、軽い抱擁《ほうよう》を交わす。

すでに、夜会場の入り口である。

「参ろう」

フェリアはマクロンにエスコートされながら、夜会場へと足を踏《ふ》み入《い》れた。

入った瞬間《しゅんかん》に、注目が集まる。

フェリアは、今までとはまた違う視線に思わずワクワクしていた。

妃選びの最初の夜会では嘲笑《ちょうしょう》と侮蔑《ぶべつ》だった。それから、夜会を重ねる毎《ごと》に、フェリアへの視線は変わっていった。

辺境の田舎娘《いなかむすめ》から疫病《えきびょう》をはねのけた辺境の薬草娘、侯爵《こうしゃく》令嬢や公爵《こうしゃく》令嬢さえ膝《ひざ》を折らせた物怖《ものお》じしない娘、公爵が頭を垂れた侮《あなど》れない者、セナーダ政変を収束させた手腕《しゅわん》を持つ方、一目置く存在へと、嘲笑の的から誇《ほこ》れる我が王妃様へと変わっていったのだ。

そして、ミタン二復国やカルシュフォンの一件により、他国からも羨望《せんぼう》の王妃へと。

だが、今向けられている視線は、それまでのものとは違う。

王妃に向けられる視線ではなく、聞こえは悪いがある種俗物《ぞくぶつ》的……否、人間味溢《あふ》れる視線といった方が相応《ふさわ》しいだろう。

井戸端《いどばた》で『ねえ、奥さん聞いてよ』などと噂話《うわさばなし》をするあれに似ていた。

「視線が生き生きしていますね！」

「こら、そう楽しむな」

マクロンがフェリアの顔を覗《のぞ》き込む。

そこかしこで、『きゃあ』やら『まあ』やら、令嬢やご夫人らがマクロンの行動に桃色《ももいろ》の声を上げた。

「マクロン様だって、楽しんでいるじゃない」

フェリアは、言いながらマクロンに近づく。

マクロンとフェリアは、互《たが》いの頬《ほお》を軽く合わせて、いかにも睦《むつ》まじい様子を披露《ひろう》した。

ある意味、ラファト王子への先制攻撃《こうげき》である。

そんな王と王妃の様子を、微笑ましげに見る貴族らに交じり、『お可哀想に《かわいそう》』やら、『きっと胸が張り裂けておりましょう』などと小声が聞こえてくる。

誰《だれ》が可哀想で、胸が張り裂けるのかと言えば、ラファト王子であるのは間違《まちが》いない。

まさに、人間味溢れる声だ。自身がその立場にないからこそ出る言葉でもある。小さな舞台《ぶたい》に収まらない生きた劇を観《み》ながら呟いているかのような。

その舞台を作ったのは、ラファト王子だ。

マクロンとフェリアへの視線が移ろいラファト王子へと注がれる。

仲睦まじい王と王妃に、どのような表情になるのかと観るために……。

ラファト王子の周辺には、親衛隊ばりに令嬢やご夫人らが集っている。

『お労《いたわ》しや』

どこの誰が言ったかはわからないが、ざわめきの一瞬《いっしゅん》の隙間《すきま》にその言葉が落ちた。

皆がゴクンと喉《のど》を鳴らす。

見計らったように、ラファト王子が一歩踏み出すと人だかりは割れ、マクロンとフェリアへ自然と道が現れた。

マクロンがそれを一瞥《いちべつ》し、フェリアの耳元で『来るぞ、一曲踊《おど》ろう』と告げた。

フェリアはくすぐったそうに身をよじらせる。

そして、夜会場に声を響《ひび》かせる。

「マクロン様、一曲踊る前に『ミタンニ王』と挨拶《あいさつ》を。そのための夜会ではありませんか」

フェリアの言葉で、固唾《かたず》を呑《の》んでいた周囲の雰囲気《ふんいき》がガラッと変わる。

ラファト王子をダナン王妃フェリアにひと目会わせるための夜会ではなく、ミタンニ王となるエミリオのための夜会なのだ。

貴族らが佇《たたず》まいを正した。好奇《こうき》の視線はなりを潜《ひそ》める。

「兄上」

そのタイミングでエミリオがマクロンの元へとイザベラを引き連れてやってきた。

「公《おおやけ》の夜会だぞ、ミタンニ王よ」

マクロンがニッと笑う。

「はい。コホン、ダナン王に挨拶を」

エミリオが軽く会釈《えしゃく》した。

もう、ダナン王マクロンの弟エミリオではないのだ。臣下の礼はしない。王と王である軽い挨拶がこれからの常となる。

「互いに協力し、両国の発展に尽力《じんりょく》していこう」

「はい。ミタンニの復国にお力添えくださり感謝します」

エミリオがマクロンと握手《あくしゅ》を交わした。

夜会の主役はエミリオなのだ。

ラファト王子は出端を挫《くじ》かれたことだろう。

「曲を」

エミリオが楽団に指示を出す。

ミタンニの王と王妃、ダナンの王と王妃が一曲踊れば、夜会は舞踏会《ぶとう》へと移行するのだ。

ラファト王子のために開かれていた道が、王と王妃の舞踏の場へと開かれていく。

マクロンがフェリアの腰《こし》に手を回す。

またもや頰の触《ふ》れ合《あ》うような距離《きょり》でマクロンがフェリアに言った。

「なかなかに、見事なスルーだった」

フェリアは小首を傾《かし》げながら笑う。

「私にはなんのことだか、フフ」

「『主役をはき違えるな』とラファト王子に牽制《けんせい》したのだろ?」

そこで曲が始まった。

フェリアは、マクロンのリードに合わせながら軽《かろ》やかに踊っている。

「私たちは脇役《わきやく》ですもの」

いつもの早いダンスでなく、マクロンとフェリアはゆったりと踊っている。エミリオとイザベラに花を添《そ》えるように。

　さてさて、先制攻撃は功を成したようだ。『悲恋の王子』を包む雰囲気は影《かげ》に潜み、『ミタンニ王』への温かい眼差《まなざ》しが辺りを包んでいる。

　フェリアは踊りながら、ラファト王子を視界の隅《すみ》に捉《とら》えた。

「どうだ？」

　マクロンがフェリアの視線を確認《かくにん》して問うた。

「どうとは？」

　フェリアはマクロンの言葉の意味がわからず問い返す。

「目を奪われんのか？」

「そうですわね……少しだけ気にはなりますわ」

　フェリアの返答に、マクロンの瞳《ひとみ》が瞬時《しゅんじ》に燃え上がる。

　思わず、フェリアを握《にぎ》る手に力が入った。

「マクロン様、あれはひと目見て確認したいわ」

　マクロンの手を、フェリアも強く握り返す。

　そして、フェリア自らマクロンの耳元へと囁《ささや》いた。

「……あれの絵を描《えが》かせてくださいませ。ひと目の逆襲《ぎゃくしゅう》となるかわかりませんが」

　マクロンがフッと息を漏《も》らす。

「あれをか……わかった。用意させよう」

かくして、フェリアはラファト王子と相見《あいまみ》える？　こととなったのだ。

「お初にお目にかかります。モディ国第十三王子ラファトと申します」

ラファト王子が、フェリアだけにとびきりの笑みを向ける。

「間抜けな私に、このような機会を与《あた》えてくださり感謝致します」

とびきりの笑みから哀愁《あいしゅう》漂《ただよ》う表情で、ラファト王子がマクロンへと謝意を述べた。

周囲の取り巻きらは、その表情に魅《み》入《い》られてポーッとしている。

しかし、当のフェリアは真剣《しんけん》な眼差しでスケッチブックを開いていた。

夜会の一角に、椅子《いす》が三脚《きゃく》用意されている。

ラファト王子が座る椅子の対面に、マクロンとフェリアが座る椅子が二脚。

警護のために、マクロンとフェリアの背後は壁《かべ》になっており、騎士《きし》が立っているだけだ。

否、マクロンがフェリアの絵を他の者に見せぬように配慮《はいりょ》した配置である。

「座ってください」

フェリアが挨拶もなしに、ラファト王子を見やり指示を出した。

ラファト王子は、フェリアの様子に少々困惑《こんわく》しながらも穏やかな笑みを浮《う》かべたまま、椅子に腰かけた。

「まさか、ダナン王妃様自ら描いていただけるとは、光栄にございます」

ラファト王子が熱い視線をフェリアに注いだ。

「……」

フェリアは無言のままだ。

ただひたすらにスケッチブックにペンを走らせている。

「ラファト王子、すまぬな。我が王妃はペンを持つと他の声が耳に入ってこぬのだ」

マクロンが、フェリアの代わりとばかりに答える。

「い、いえ」

フェリアが視線をスケッチブックからラファト王子に向ける。

ジーッと見つめるフェリアの視線に、ラファト王子が表情を変える。恋《こ》い焦がれる者に向けるような瞳をフェリアに向けて。

その瞳をわずかに潤《うる》ませて口を開く。

「唯一《ゆいいつ》の王妃様。その身の代わりがないと知りつつも、巷《ちまた》の者は望んでしまいましょう。ダナン王を羨《うらや》ましく思います」

『悲恋の王子』の言葉は、周囲の令嬢やご夫人らの心を摑《つか》む。その言葉の裏に隠《かく》された狡《こう》猾《かつ》な要望を知らぬからだ。

唯一の王妃の代わりの『ノア』はないだろう、私の望みの者を娶《めと》ったダナン王が羨ましい限り。さて、私が望むモノをダナンは用意してくれるだろうか。そちらが欲《ほ》しいミタン

ニの民は私の手の内にあるぞ、と。

本来、王妃に愛を乞《こ》うなど首が飛んでもおかしくはないが、巷の者も同じだと言うことで、それを上手《うま》く躱《かわ》している。

「右を向いてください」

フェリアがまたもやラファト王子の発言を完全に無視し、指示を出した。

フェリアに、潤んだ瞳の効果はない。ラファト王子が睫毛《まつげ》をソッと撫《な》で、苦笑いを浮かべて横を向いた。

マクロンはそのタイミングで口を開く。

「唯一は自身で見つけては？」

ラファト王子の周辺には、多くの取り巻き令嬢がいるのだ。

マクロンの言葉に、令嬢らが爛々《らんらん》と瞳を輝《かがや》かせてラファト王子を見た。

困ったような顔つきで、ラファト王子が周囲の令嬢らに微笑む。

令嬢らが身を乗り出して、自身を売り込もうと熱い視線をラファト王子に送った。

「左を向いてください」

フェリアの言葉を助けとばかりに、ラファト王子が左に顔を向ける。

「多くの者から唯一を見つける。我は三十一人もの妃候補から唯一の王妃を見つけた」

マクロンがフェリアを愛おしげに見つめる。

ラファト王子が顔を戻《もど》そうとする。左にも多くの令嬢が集っていたからだ。

自身の味方につけた令嬢らが、マクロンの言葉で一転、ラファト王子に選ばれようと俄《が》然《ぜん》やる気を出してきた。

「目を背《そむ》けずに探せばいいのです。顔はそのままに」

マクロンはやり返しとばかりに口撃《こうげき》を加えた。

ラファト王子の喉仏《のどぼとけ》が小さく動く。『グッ』と言葉を呑み込むように。きっと、マクロンの口撃に返答したいのを堪《こら》えたのだろう。

「では、立ち上がって夜会場を見回してください」

フェリアの奇妙《きみょう》な指示に、流石《さすが》に周囲の者らも困惑し出す。

「立ち上がって？」

ラファト王子が首を傾げながらフェリアに問うた。やっと視線をフェリアに戻せたのをいいことに、フェリアの瞳を覗き込むように立ち上がる素振《そぶ》りを見せて。

「全体を確認したいので」

フェリアがそこでやっとラファト王子を見て、ニコッと微笑んだ。

ラファト王子の瞳に喜色が浮かぶ。

「もちろん、隈《くま》なく私を見ていただければ幸いです、唯一の女神《めがみ》様」

ラファト王子は常にマクロンの心を逆なでしたいようだ。

だが、マクロンはラファト王子の言葉を気にも留めず、フェリアの絵を見て感心していた。

フェリアには劇的に絵が下手だという欠点がある。しかし、劇的に上手な絵を描く時がある。

それは、対象への集中的かつ部分的描写《びょうしゃ》時だ。

魔獣《まじゅう》を描く時は、その特徴《とくちょう》と攻撃部位のみ詳細《しょうさい》で、他はおぼろげ。だからこそ、ジルハンがフェリアの描いた魔獣を見て暗号化したと言ったことに繋《つな》がる。

そして、今フェリアは対象物の一部をよく観察し集中的に描写した。

「完璧《かんぺき》に描けましたわ！」

フェリアは嬉《うれ》しそうにマクロンに言った。

「なかなかに輝く描き具合だな」

マクロンがラファト王子を見てニッと笑う。

「唯一の女神様、拝見してもよろしいでしょうか？」

マクロンの余裕の態度が気に障《さわ》るのか、ラファト王子がすぐさま言った。

「もちろんよ！」

フェリアはスケッチブックを高らかに掲《かか》げた。

皆の視線がフェリアのスケッチブックに移る。否、マクロンだけはフェリアを見て『クッ』と嬉しげに喉を鳴らしていた。

「か、み……留め」

ラファト王子がフェリアのスケッチブックを見ながら呆然《ぼうぜん》と呟いた。自身の顔を描いているものだとばかり思っていただろうに、描かれたのは髪《かみ》留め。

フェリアがマクロンとダンスしながら『あれの絵を描かせて』と言った対象はラファト王子の髪留めだった。

それには理由がある。

「感服致しましたわ、ラファト王子。その金細工の職人技《わざ》、ミタンニ職人で間違いないでしょう！」

フェリアの言葉で、スケッチブックからラファト王子の髪留めへと視線が注がれた。

「あえて、お試《ため》しになったのですね！」

「はい？」

フェリアの言葉にラファト王子が素の声で返した。

「ミタンニの民をとても大事になさっているのですね！」

「は？」

ラファト王子の仮面は外れている。

フェリアは夜会場を見回した。

「ここに集《つど》うのは、ミタンニに関わる者ですわ。その方々がどれほどの心眼をお持ちなのか試したのです。あえて、『悲恋の面だけ王子』などと『不名誉《ふめいよ》』を公言し、注意を逸《そ》らしたのですわね。ええ、ええ、わかっておりますわ！」

何気に『面だけ』などと付け加えるあたりは流石フェリアだ。

本人が一番自信のある『面』を、それだけしか取《と》り柄《え》がないような言いようで、『不名誉』とまで堂々と公言できるのは、フェリアぐらいだろう。

こうなると、フェリアの独壇場《どくだんじょう》となる。

「『面』しか興味がない者など、この夜会場に相応しくはありませんもの。ラファト王子は『面』に注意を集め、我々がミタンニ職人の作った『髪留め』に気づくのかお試しになったのですわね？　誰一人として気づかねば、大事なミタンニの民を送り出せないと」

「え、は、いや？」

「そんな、謙遜《けんそん》など不要ですわ！　ご安心くださいませ。その髪留めの精密な技巧《ぎこう》はすでにダナン貴族の間では周知の事実。銀細工の『ミタンニの証《あかし》』を知らぬダナンの貴族は居《お》りません。金細工であっても見破ることはできますわ！　ですから、素晴《すば》らしい細工をスケッチして記録しましたの。この記録は、モディ国からミタンニへの友好の証となりましょう。エミリオ、いえ、ミタンニ王よ、お言葉を」

フェリアに呼ばれたミタンニ王エミリオがラファト王子の前にやってくる。

「ありがとうございます。その髪留めの職人と家族らを引き連れてミタンニに入国していただけるのですね。モディ国がこのような『粋《いき》な計らい』をしてくれるとは……ミタンニ王として謝意を」

エミリオが両手を胸の前に合わせて、ラファト王子に微笑《びしょう》を向けた。

草原の挨拶を披露したのだ。

エミリオもなかなかやるものだ、フェリアの独壇場に乗る術《すべ》を習得していた。

マクロンは満足げに頷く。

ラファト王子はやっと展開に追いついたのか、一瞬瞳に怒《いか》りを滲ませたが、それもすぐに収め微笑みを浮かべる。

「いえいえ、こちらこそ『粋な計らい』に感謝を」

ラファト王子が両手を胸の前で合わせて膝をついた。『粋な計らい』でやり込められたのだと理解したのだ。

だが、ラファト王子も簡単には引き下がらない。

おもむろに頭に手を伸《の》ばすと、スルリと髪を滑《すべ》らせ髪留めを取った。

髪がハラリと落ちる。

全ての所作が美しく、周囲は固唾を呑んでいる。

ゆっくりと顔を上げたラファト王子が最初に見つめたのは、フェリアだ。

「最初にこの髪留めに気づいたお方に」

髪留めを愛おしげに見つめてから、ラファト王子がフェリアに差し出した。

傍目《はため》には、プロポーズのようにも見える。

「まあ、大変！　どうしましょう」

フェリアが大げさに言って、マクロンをズイッとラファト王子の前に押し出す。

「最初にその髪留めに気づいたのはマクロン様ですわ。私は、描いてほしいと頼《たの》まれただけ……マクロン様、ラファト王子に心移りなど致しませんわね？　私、嫉妬《しっと》致しますわよ」

この発言には、マクロンもラファト王子も頬を引きつらせた。

それをいいことに、フェリアがまだ追い打ちをかける。

「どう致しましょう⁉　確かに私は今現在唯一の王妃ですが、まさか唯一の寵男妃《ちょうだんひ》をマクロン様がお望みで……それもこのような『悲恋の面だけ王子』と私は競《きそ》うことになるのですね。勝てる見込みはあるのかしら？」

夜会のそこかしこで『ブホッ』と噴《ふ》き出す貴族らと、何やらぞわりとする令嬢やご夫人らの視線がマクロンとラファト王子に注がれた。

「この口は塞《ふさ》がねば止まらぬのか」

マクロンはフェリアの両頬《りょうほお》を軽く摘《つ》まむ。

その状態でフェリアが口を尖《とが》らせた。

「ハハハ、やっぱり姉上は唯一ですね」

エミリオが笑って言った。

この展開では、王や王妃と呼ぶのははばかられる。

「兄上、どうぞお戻りになり、ご存分に口を塞いでください。あとは私が」

「エ、エミリオ⁉」

フェリアの焦《あせ》った声に、マクロンは『クッ』と笑う。

「ほら、行くぞ」

マクロンはフェリアを抱《だ》き上げる。

「マクロン様、下ろして」

「すまぬな、我が唯一の王妃は、女神でなくじゃじゃ馬なのだ」

マクロンは髪留めを所在なさげに持つラファト王子に言った。

そこに、エミリオが体を滑らせる。

「ラファト王子、私も『悲恋の王子』でした」

マクロンは、エミリオの機転に少しばかり驚《おどろ》いている。

「イザベラは、元々……ダナン王妃候補だったので」

それも周知の事実であり、エミリオがラファト王子を慮《おもんぱか》っての言葉だろう。

マクロンとフェリアが滑稽《こっけい》な王子とした現状を、自身と同じだと言ってラファト王子をフォローしたのだ。確かに、あのままではラファト王子は居たたまれない。

背中でエミリオの声を聞きながら、マクロンとフェリアは夜会場を後にした。

マクロンは廊下に出た瞬間、フェリアの額に自身の額をコツンとくっつけた。

「良かった。あいつに心奪われるのではないかと心配だった」

「『面だけ』に心など奪われませんわ。狡猾さなどペレと……ハンス、ゲーテ公爵だけでお腹《なか》いっぱいですし、他に何かあの方に魅力《みりょく》でもありましたか?」

マクロンはフェリアを下ろす。そして、ふわりと抱き締《し》めた。

「……ならば、私の魅力は?」

気恥《きは》ずかしげにマクロンが問う。顔を見られたくなくて、フェリアを抱き締めたのだろう。

フェリアがマクロンの体にギュッと抱きつく。

「一晩じゃ語り尽《つ》くせませんけど、お付き合いくださいますの?」

「そうか、一晩じゃ無理か」

マクロンの声は嬉しそうだ。

「そうだな、私も一晩だけでは無理だ。フェリアをずっと愛《め》でていたいから」

下ろされたはずのフェリアが、またもやマクロンに抱き抱《かか》えられた。

「え？　ちょ、ちょっとマクロン様？」

その晩、甘い夜になったのは言うまでもない。


翌日、ガロンがマクロンの元へやってきた。

「王様、お待たせ致しましたぁ」

早馬を出したにもかかわらず、ガロンの到着《とうちゃく》に時間がかかったのは、魔獣の暴走への準備があったためだ。

ガロン単身なら、リカッロが出発した翌日には王都に到着していたはずである。

「ミタンニと各国に遣《つか》わせる者を連れてきましたぁ。補給村に向かわせる者は、エミリオ様出発までにリカッロが手配するそうです。もう少しお待ちを。沈静《ちんせい》草はたっぷり運んできましたぁ。えーっと、あとすべきことは……」

ガロンにはやはり王の前であるという緊張《きんちょう》感はないようだ。

「ミタンニに運ぶ『ククの丸薬』等の備蓄《びちく》薬の準備と、撃退《げきたい》物『マーブル瓶《びん》』『剛鉄の泥《どろ》団子・改』、それから今後の需要《じゅよう》が見込める『美容品三点セット』、『秘花』の育成、その他薬草全般《ぜんぱん》となります」

ビンズがスラスラと述べた。

「了解《りょうかい》です。カロディアから精鋭《せいえい》を連れてきましたぁ。いや、アルファルドからも？」

マクロンはすぐにピンとくる。

「バロン公《こう》も一緒《いっしょ》に来たのか？」

「はい。弟子《でし》のバロン公とサムも連れてきましたぁ」

「弟子だと？　まあ、弟子としたなら呼び捨ても仕方あるまい。それにサムか」

ガロンがマクロンにニッと笑う。

「『秘花』を知るバロン公は使えますし、サムは足を怪我《けが》してから、魔獣の研究を主として革《かわ》職人になったほどですからぁ」

「なるほど」

マクロンは頷く。

「沈静草を仕分けして準備が整いましたら、ミタンニにはサムが沈静草を運びます。荷馬をお願いできますかぁ？」

「ああ、了解した。できるだけ早くミタンニに運んでほしいところだが……フェリアにも会ってから行けばいい」

マクロンは、もうサムに対して気持ちが揺らぐことはない。

「それと『ノア』の育成状況《じょうきょう》が芳《かんば》しくないようなのだ」

「リカッロからも聞いています。『ノア』のこれまでの育成記録……不育記録って方が正しいですが、先達の多くの薬師が残した記録も持参しましたぁ。スケッチ記録も残します。……王様は、妹の、いや王妃様の」

マクロンはガロンの言いたいことがわかって、思わず頬を緩《ゆる》めた。

「ああ、知っている。前衛的描写と斬新《ざんしん》的デザイン、それから対象への集中的かつ部分的描写」

ガロンがウンウンと頷く。

「あれは、天才肌《はだ》です。的しか描かないわけですからぁ」

「的しか描かない、なるほど言い得ているな」

マクロンとガロンは笑い合う。

「すべきことが多いが、頼んだ」

「かしこまりましたぁ」

ガロンが出ていき、マクロンは政務を開始したのだった。

フェリアは『ノア』の前で悩《なや》んでいる。

「育っていないわ」

発芽した五邸《てい》のうち、芽吹《めぶ》きに時間がかかった10番邸と25番邸は成長が止まっている。

このままでは萎《しお》れて朽《く》ちていくだろう。

「何か打開策はないかしら？」

フェリアは脳裏《のうり》にラファト王子が過る。『ノア』の出所であるなら、その育成に詳《くわ》しいはずだ……と考えたところで頭を横に振る。

「フィーお姉様！」

「リア姉様！」

フェリアの元に、いつもの二人組が突撃《とつげき》してきた。

まさにそれは突撃で、25番邸の不育の『ノア』を完全に踏みつけていた。

「きゃぁぁぁぁぁ！」

フェリアは絶叫《ぜっきょう》する。

お側騎士《そばきし》らが瞬時に反応し、フェリアの前に身を滑らせ、サブリナとミミリーと対峙《たいじ》した。

「王妃様、何か二人にされたのですか!?」

お側騎士のゾッドがフェリアの盾《たて》になるように立ちはだかっている。その場ももちろん『ノア』の畑である。

今、ゾッドの全体重が『ノア』を踏み潰している。

「いやぁぁぁぁぁ！」

不育の『ノア』は無残な姿になってしまった。

シクシクシクシク
王妃フェリアが泣いている。

「そりゃあ、泣きたくもなるさね」

ローラが部屋の隅で身を縮こまらせているゾッドに気遣《きづか》いもせず言った。

フェリアはズビビィィィと鼻をすすった。

「あーあ、お馬鹿な妹を持つと大変さね」

今度は別の隅っこで、サブリナとミミリーがあわあわしている。

「お、おねえ……王妃様、申し訳ありません」

お姉様呼びを控《ひか》えてサブリナが言った。

堰《せき》を切ったように、皆が謝罪を口にする。

フェリアは『ふぇっふぇっ』としゃくり上げながら、首を横に振った。

「きに、気にしな、ひ、で」

なんとか笑みを浮かべながら、フェリアは懸命《けんめい》に言った。

その痛々しげなことこの上なく、皆の心が挫けそうになる。

重苦しい部屋の扉《とびら》がバタンと開き、ガロンが入ってきた。

「25番邸にいたのかぁ。捜《さが》したぞ」

ガロンが部屋の雰囲気に首を傾げた。そして、フェリアを見る。

「おぅっと、どうしたんだぁ？」

「に、ひしゃぁぁぁん」

フェリアはガロンの顔を見て、また涙《なみだ》が溢れ出た。

「ブッ」

ガロンが噴き出した。

「ったく、しょうがないな。ほれ」

ガロンがフェリアに背中を向けてしゃがんだ。

「おんぶしてやるから」

フェリアはフラフラとガロンの背に身を預けた。

ガロンが『よいしょ』と立ち上がる。

「ちょっくら散歩してくるかぁ」

フェリアは、小さい頃から兄二人におんぶしてもらって成長してきた。兄二人は、行商に出る両親の代わりに妹を世話していたからだ。

「んで、どうしたんだぁ？」

ガロンが少しだけ離《はな》れながらついてくるお側騎士らを一瞥する。

皆項垂《うなだ》れながらゾロゾロと、フェリアをおんぶするガロンについてきている。

「『ノア』……」

「ん？」

「『ノア』の畑ぇぇぇ、エーン、グッズッ」

ガロンは畑を見回し、その一角を見つけた。

『ノア』の残骸《ざんがい》に、ガロンが『なるほどなぁ』と呟く。

「『ノア』は雑草にしか見えないから、踏まれちまったかぁ」

それが、背後の者らの所業であるのに察しはつく。

「リカッロ兄さんから聞いてるって。俺も一緒に考えるからなぁ。一人で背負うこたあねえぞ」

「……うん、そっか、一人で背負っちゃいけないんだった。私ったら……自分でこの前言ったこと、忘れちゃってたわ」

背負うから苦しくなる。フェリアはそう言ってカルシュフォン王を目覚めさせたのだ。

「そうそう、失敗を重ねて成功するって言うけどよ、俺はそうは思わないぞ。成功に繋がったのなら、それは失敗じゃなかったってことだぁ。失敗じゃないことに責任を感じるなんておっかしいだろ」

ガロンの言葉に、フェリアは笑う。

その笑顔《えがお》が、背後のお側騎士らを安心させた。

「成功までの道のりは、全部成功よね！」

「そうさぁ。『ノア』の不育記録を持ってきてある。先達から受《う》け継《つ》いだ道のりだぁ。どっかで道草してもいい、休んだっていい。泣いてもいいし、笑って踊ってもいい。んで、託《たく》していくんだ、記録として。一緒に、記録をしていこう。成功の記録をなぁ」

ガロンは、フェリアの画力の信奉《しんぽう》者でもある。ガロンにとって、フェリアの絵は的確な記録として映っているのだ。

的しか描かない。つまり、薬草の育成記録にはフェリアは打ってつけである。

成長した部分を集中的に描くのだから。

「わかったわ！」

ガロンがフェリアを下ろす。

「スケッチブックを！」

「泣いたカラスがもう笑ったさね」

ローラがボソリと呟いた。

フェリアはガロンと一緒に『ノア』の育成記録に取りかかる。

31番邸に移動して、『ノア』の確認から始めた。

「結局31番邸しか成長していないわ。11番邸はなんとか持ちこたえている感じ」

「発芽もそうだが、他の邸《やしき》との違いを見極《みきわ》めなきゃなぁ」

ガロンが邸内《ていない》を見回す。

「まあ、他の邸に比べて、この邸内だけ華《はな》やかさがないって程度かぁ」

「そりゃあ、貧乏《びんぼう》くじの31番邸だもの。でも、そうね……最初は雑草が生《お》い茂《しげ》っていたわ」

「ああ、休耕地ってことかぁ」

ガロンがしゃがんで土を確認する。

「ダルシュが王城全体の土壌《どじょう》を改良していったの。後宮は三十一邸もあるから、順繰《じゅんぐ》りに休耕地管理していたと言っていたわ」

ガロンが歩き出す。

「カロディアから沈静草の種も持ってきたさぁ」

魔獣の暴走を唯一止められるのが、沈静草だ。

沈静草は、他の動植物には毒となる薬草である。人にも無害とはいかない。人体に麻痺《まひ》を起こす薬草である。

人には主に歯の治療《ちりょう》に用いる薬草で、歯の治療以外に誤って使用すると、一生涯《いっしょうがい》麻痺が体に残ることになる。とはいえ、体が動けないほどの麻痺ではなく、ピリピリする感覚で過ごすというものだ。

ずっと座っていて足が痺《しび》れる、あの感覚が使用箇所《かしょ》に残るのだ。

小さな動植物には致命《ちめい》的になる。そのため、魔獣の暴走時には使用した後回収が必須《ひっす》だ。

「騎士が入らない邸で栽培《さいばい》ね」

栽培時に、傷に沈静草が触れてしまうと、そこに一生涯麻痺が残ってしまう。生葉《しょうよう》時が一番危険な薬草だ。

乾燥《かんそう》すれば危険性はなく、必要な時に水に浸《ひた》して使用する。

「騎士は生傷だらけだしなぁ」

カロディアでも沈静草の栽培は難儀《なんぎ》だった。魔獣狩《が》りをする者は沈静草を栽培できない。

生傷が絶えないからだ。

だから、魔獣狩りや薬草守り、薬師としての行商を引退した年配者の役目でもあった。

栽培時も使用時も手袋《てぶくろ》が必要となる。

「そろそろ、『秘花』も王妃宮に植《う》え替《か》えたいし、ちょうどいいわ。沈静草と『秘花』を同じ邸で栽培しましょう。騎士の出入りを禁止して、薬事官だけしか入邸《にゅうてい》できないようにするわ」

「ああ、そうした方がいいなぁ。薬事官の仕事が多岐《たき》にわたり、あっちこっちに点在しているからなぁ」

フェリアとガロンはどの邸で栽培するか検討を始めた。

「嬢《じょう》！」

フェリアを呼ぶ声に、顔を向ける。

31番邸の門扉《もんぴ》を元気よく潜《くぐ》り走ってくる者たちに、フェリアは目を見開いた。

「沈静草の仕分けが終わったみたいだなぁ」

ガロンが呑気《のんき》に言った。

サムと共にフェリアの昔から知る顔がそこに集まっている。

ローラが駆《か》け出して、それぞれの頭をゴツンゴツンと叩《たた》く。

「もう、嬢じゃないさね！」

ローラが『フン』と鼻を鳴らす。

「み、んな……なんで？」

フェリアは言葉が上手く出てこない。

「嬢、いや、王妃様が俺らを呼んだからだろ」

ローラがまたゴツンと叩く。

「各国に俺らが沈静草を運びます、王妃様」

七人の幼なじみがニッと笑っている。

「フェリアと七人の幼なじみ隊が勢揃《せいぞろ》いさぁ」

ガロンは、バロン公とサムの他に、各国に遣わせる者として、フェリアの幼なじみも引き連れてきたのだ。

「……ば、馬鹿じゃないの！　なんで来ちゃうのよ！　面倒《めんどう》な任務だってわかっているの⁉」

フェリアは顔を赤くして、七人を指差しながら言っている。

「あんたんとこは、赤ちゃんが産まれたばかりだって聞いているし、そっちは奥さんが身ごもったって！　そこは、新婚《しんこん》でしょ。それに」

「嬢、カロディアでは家を空けることは普通《ふつう》だろ。俺らだけ嬢の幼なじみだから特別ってはなんねえし」

「そうそう、俺なんて尻蹴《しりけ》られてさっさと行ってこいって追い出されたんだぞ」

サム以外の六人がワイワイと言い合っている。流石にローラもゴツンとやる気にもなれなかったようだ。

「……わかったんだ。いや、もうずいぶん前からわかってた。嬢がカロディアを守るため、嫌な役目をしたんだってさ」

あの日のことだ。魔獣の暴走があった日、サムを見捨ててカロディアを守った日。

フェリアは押し黙る。

「大事な存在を得て、俺らがいかに狭《せま》い視野だったかってことが身にしみた。父ちゃん、母ちゃん、爺《じい》さん、婆《ばあ》さんに言われてもあの後すぐにはわからなかった。だけど、生きてるカロディアの皆を目にする度《たび》に、心ん中じゃあわかってて」

幼なじみらがそこでフェリアを見る。

「あの瞬間が今訪《おとず》れたら俺はどうしたのかって自問したら……嬢と同じことをしただろってわかったんだ。サムがやられた時に叫《さけ》んだ言葉を、俺らは勘違《かんちが》いしてた。サム、あの時なんて叫んだ？」

サムがフッと笑う。

「『行け』だ。あそこで全員やられるわけにはいかなかった。誰かが伝えに行かなきゃ、カロディアは守れないから」

「俺らはちょっとばかりお馬鹿でよ、十五歳のあの時から今まで、七、八年もかかっちまった。嬢……いや、王妃様」

フェリアは涙を堪えて背筋を伸ばす。

「カロディアを守れなかった俺たちですが、挽回《ばんかい》の機会をお与えください。ダナンを、多くの国を守るため、力を尽くします！」

サム以外の六人が声を揃《そろ》えて言った。

「魔獣暴走への準備が必要だわ。沈静草を持参し各国に……『行け！』」

「ご命令、賜《たまわ》りました！」

七人は沈静草と共に出発していった。


まんまと夜会でやられたラファト王子は、今日もまた王都を歩いている。

「王子様、『愛《いと》しの君』と会えたの？」

なぜか一人歩きの可愛《かわい》らしい女の子が、ラファト王子に訊《き》いた。

貴族御用達のエリアから露天《ろてん》市場へと、ラファト王子の闊歩《かっぽ》は場を移していた。

貴族の令嬢やご夫人らで太刀《たち》打ちできなかったのなら、民を味方につければいいのだ。

ラファト王子は一手だけで諦《あきら》めたりなどしない。

「ああ、会えたよ。とても幸せそうだった。だから、とても苦しかったかな」

ラファト王子はしゃがんで女の子と話す。

「あのね、苦しい時はお病気なの。王妃様にお薬をお願いすればいいわ」

女の子の言葉に、ラファト王子はパッと顔を輝かす。

「そうだね。苦しい時はお薬か」

妙案《みょうあん》を授《さず》けてくれた女の子を、ラファト王子は抱き上げた。

周囲を見回すと、母親らしき女性が駆けてくる。

「まあ！　ごめんなさい。あんなに勝手にどこかへ行ってはいけないと注意していたのに、この子ったら……あら？　まあまあまあ！　あなたは」

女の子の母親は、ラファト王子に目を見開いた。

ラファト王子は極上《ごくじょう》の笑みを浮かべる。

「この子のお姉様ですか？」

「嫌だわ、オホホ、母親ですの」

ラファト王子は存外に驚いてみせる。

「私としたことが、ご無礼を」

「いえいえ、そんなことはありませんよ」

女の子の母親が嬉しげに頬を赤らめる。

「お母さん、王子様は苦しいんだって。お薬が必要なの」

女の子の言葉に、母親が慌《あわ》てて出す。

「どこかお悪いんですの？」

「ええ、まあ、胸が苦しくて……ハハ」

母親は『ああ』と感嘆《かんたん》して頷いた。

『悲恋の王子』の噂《うわさ》は貴族の間だけでなく、王都中に広まっている。

「そうですわね、苦しいことでしょう」

「ですが、可愛らしいお姫《ひめ》様に会えて、心が軽くなりましたよ」

ラファト王子は女の子を母親に渡す。

「そう言っていただけると、こちらも嬉しいですわ」

ラファト王子は小さく手を振って親子と別れた。

「苦しければ薬か……」

下を向きながら、ラファト王子はニヤリと笑った。

懐《ふところ》から、ある物を取り出す。

「この手帳がわかるのは、ダナン王妃だけ。本望《ほんもう》を遂《と》げるには、これが必要だ。『面』で落ちないなら……」

ラファト王子は、『ククッ』と笑いながら手帳を懐にしまった。


前回の夜会から一週間が経った。今夜二回目の夜会が開かれる。

ラファト王子の行動は逐一《ちくいち》報告されていたが、王都への出歩きは止まっている。

「前回の夜会で懲《こ》りたのでは？」

　ビンズが言った。

「そうであればいいが……いや、そうであっても問題だ。フェリアへの執着《しゅうちゃく》が失《う》せるとなれば、ミタンニの民を得ることができなくなる」

　マクロンは、歯がゆい思いで言った。

　フェリアへのひと目の機会は与えたくない。だが、それがなければミタンニの民を引き取る機会はなくなる。その機会は、ラファト王子がフェリアへのひと目の要望という執着で成り立っているのだ。

「何が望みなのか……王妃様とのひと目の機会で何を得たいのか。それがわかればいいのですが」

　ビンズも考え込む。

　ラファト王子の目的はまだハッキリしていない。

「フェリアにひと目会いたいだけではないはずだ。もちろん、王妃となったフェリアを欲《ほっ》するなど、国としてけんかを売るようなものだろう。望むもの、望むこと……それはフェリアしかラファト王子に与えることができないということだろうか」

　マクロンは顎《あご》を擦《さす》りながら続ける。

「……その望みは『ノア』に匹敵《ひってき》するほど無理難題のはず」

ビンズが頷きながら口を開く。

「八十八回もひと目を希望するということは、八十八回の協議が必要なほどの要望でしょう。前回の夜会で王妃様がカウントを下げてくれましたが」

金細工職人とその家族の人数分が引かれるからだ。

公の夜会という場での約束を反故《ほご》にすることはできない。

ビンズの言葉を聞きながら、マクロンは髪を掻《か》き上げる。

「まず、今夜の夜会でラファト王子がどう動くかだ。前回の夜会でのやり合いは挨拶程度だろう。本題はここからになるはずだ。正式な場を設ける準備をエミリオとしておけ」

「はっ」

だが、マクロンの思惑《おもわく》はまたもやラファト王子によって変更《へんこう》を余儀《よぎ》なくされる。

ラファト王子が二手を打ってきたのだ。


その一報にマクロンは驚きを隠せない。

「欠席だと？」

ビンズもマクロン同様に驚いている。

ラファト王子配下の使者から欠席の文が届けられたのだ。

『胸の痛みが続いております。心の療養《りょうよう》が必要と診断《しんだん》を受け、心苦しいのですが欠席するご無礼をお許しください。必ず、この痛みを乗り越えてみせます』

「じらしてきたか」

マクロンは舌打ちしそうになった。

前回の夜会までは、ひと目の機会を欲していたのはラファト王子の方だが、こうなるとひと目の機会を望むのはこちらだ。ミタンニの民を得る機会を諦められない。

「エミリオの出発まで二週間ちょっとしかないのに」

だが、ラファト王子の二手は夜会の欠席で終わらなかった。

――あのね、苦しい時はお病気なの。王妃様にお薬をお願いすればいいわ――

フェリアに『診《み》て』ほしい。

夜会後に、文が届けられたのだった。

4 暴走の理由

「『診《み》て』ほしい。なるほど、胸が苦しいから病気。診察《しんさつ》を望むのですね」

フェリアは感心するように言った。

マクロンが仏頂面《ぶっちょうづら》で頷《うなず》く。

「『診る』のは医官、お『見』舞《ま》いで同行しましょう」

「……」

だんまりになるマクロンの頬《ほお》を、フェリアはツンツンとつつく。

「久しぶりに王都を視察しませんか?」

「デートなら喜んで同行しよう」

仏頂面はどこへやら、マクロンが日程管理の文官に指示を出す。

ビンズと文官が日程表と睨《にら》めっこしながら、予定を組《く》み替《か》えている。

「……九日後の午後ならば」

ビンズが言った。

マクロンとフェリアは予定表を確認《かくにん》する。

「『イモニエール』の時間か」

九日後の午後は、イザベラ主催《しゅさい》のビストロ『イモニエール』での茶会になっている。ミタンニに随行《ずいこう》する稀有《けう》な令嬢《れいじょう》らとの親睦《しんぼく》会だ。

いわゆるこの茶会も、警護も含《ふく》め、女官や侍女《じじょ》、料理係等の経験も兼《か》ねている。ミタンニ復国を下支えする者たちの訓練なのだ。

「はい。ご挨拶《あいさつ》だけの退席にすれば二刻ほどは時間ができます」

文官の言葉に、マクロンとフェリアは顔を見合わせ頷き合う。

「よし、その時間をあてるしかあるまい。すぐ医官に」

「考えてもみれば、その必要はありませんわ」

マクロンの言葉に被《かぶ》せるようにフェリアは言った。

いいことに気づいたとばかりに、顔が華《はな》やいでいる。

「現在、最高の医術国アルファルドのバロン公《こう》がいるではありませんか。それに、ジルハンの心の臓を治したと話題のガロン兄さんも」

フェリアは『フフ』と笑う。

「大々的に、触《ふ》れ回《まわ》ればいいのです、最高の医術を準備したと。何度も『診て』と言われないように」

フェリアはニマッと笑った。

マクロンもニヤッと笑う。

「二人とも、人相が悪くなっていますよ」

そう言ったビンズの口角も上がっていた。


九日後、ラファト王子の診察と見舞《みま》いをする午後になった。

バロン公とガロンは診察の準備をして、先にラファト王子の滞在《たいざい》する宿に向かうことになっている。見舞いのフェリアらは、その後を追う形だ。

「ここ数日でまた王都の様子が変化した」

マクロンが言った。

「どのような変化です？」

フェリアの問いに、マクロンが小さくため息をつく。

「前回は、貴族の令嬢やご夫人らを味方につけたが、今回は民《たみ》を味方につけたようだ。優《やさ》しい民だ、『悲恋《ひれん》の王子』に心寄《よ》り添《そ》っているのだろう」

ラファト王子が滞在する宿には、本人を元気づけようとひっきりなしに人が集まっているという。

「大半の民は、『王妃様《おうひ》が治してくださるはずだ』と言うそうです」

ビンズが苦々しげに言った。

民とて、ラファト王子の胸の痛みが、本当に病からくるものとは思っていない。失恋《しつれん》の痛みとわかってなおフェリアが診ると言葉にするのは、無垢《むく》な子どもたちの声があるからだ。

「『胸が痛いなら、病気だから王妃様が治してくれるよ』と子どもらが声を揃《そろ》えて言うものだから、優しい民も『そうだね』と答えるしかないわけだ」

「ラファト王子もやるものですね」

フェリアは好敵手を得て、存外に楽しんでいる。

「こちらも、大々的にバロン公やガロンの名を触れ回ったが、民は胸の痛みが二人では治らないことは重々承知なわけだから……」

マクロンがボソッと何か言ったが、フェリアは聞き取れず小首を傾《かし》げる。

「王様は、少し意地悪だと噂《うわさ》されているそうです」

ビンズが悔《くや》しげに告げる。

「それは許せませんわ」

フェリアはメラメラと瞳《ひとみ》を燃やす。

「そんな状況《じょうきょう》で、お二人で見舞いに行けば、民の視線はまた悪い方に変化します」

ビンズの言いたいことはわかっている。

この状況下なら、マクロンの同行は避《さ》けた方がいいと言っているのだ。

「奴《やつ》の思うがままになるぞ」

マクロンがビンズに向かって言った。

「マクロン様、王城に背負子《しょいこ》ってありますか？」

フェリアの突拍子《とっぴょうし》もない発言に、皆《みな》が豆鉄砲《まめでっぽう》を食らったような顔になる。

「フェリア？」

フェリアはニーッコリと笑った。


王都を背負子で闊歩《かっぽ》するのは、ダナン王と王妃、薬草係のサブリナとミミリー、なぜかジルハンも背負子を背負い、楽しげに歩いている。

もちろん、警護する騎士《きし》も帯剣《たいけん》はしているものの、背負子を背負って同じ姿だ。

王都の民は目を丸くして一行を見ている。

そこに、颯爽《さっそう》とマントを翻《ひるがえ》してゼグが現れた。つまり、烈火団《れっかだん》の登場だ。

「お供します！」

「ゼグ、助かるわ」

フェリアはゼグとパーンと手を叩《たた》き合わせる。

「それはなんですか、王妃様？」

王都の民が聞き耳を立てている。

「新規事業で使う『多毛草』よ。これがフカフカの寝具《しんぐ》になるの。体の疲《つか》れを癒《い》やす寝具を作るわ」

背負子で背負っているのは、先日の綿毛の日以後に刈《か》り取《と》った『多毛草』を乾燥《かんそう》させた束である。

「弱った体にも元気を与《あた》えるような品を目指している」

マクロンがフェリアの言葉に続けて言った。

そのタイミングで、最後尾《さいこうび》をサブリナと歩いているミミリーが少々大きめなため息をついた。

「はぁぁぁ……ほぉーんと、王様はお人好《ひとよ》しだわ。恋敵《こいがたき》にまで気を遣《つか》っちゃって」

「ちょっと、ミミリー声が大きいわよ」

サブリナがミミリーを諌《いさ》めるが、ミミリーの口は止まらない。

「だって、仮病《けびょう》だってわかっているじゃない。本当に胸の痛みに苦しんでいる方たちに失礼だもの！」

ミミリーが涙《なみだ》ぐみながら、ジルハンを見つめた。

「ミミリー、私はほら、こんなに元気になりましたから。そのことで苦しまないでください」

　ジルハンがミミリーにソッと寄り添った。

「そうよね、よくよく考えれば、本当に失礼だわ。柔《やわ》な心を治す薬なんてないもの。本人の努力でしか乗り越《のこ》えられないのに、皆の同情を集めて……フィーお姉様にまで『診て』ほしいなんて……何様のつもりよ！」

　サブリナがキッと瞳を燃やす。

　王都の民はその視線を真っ向から受け止めることはできない。

「サブリナ、ミミリーよしなさい。病は気からとも言うわ。ちゃんとバロン公やガロン兄さんが『診て』判断するわ。胸が痛いと訴《うった》えている者を、例え他国の者であってもマクロン様は放っておけないのよ。それに、後々本当に病が見つかったら大変でしょ？」

　フェリアはサブリナとミミリーに注意する。

「だって、おかしいじゃありませんか！　草原の国モディから遠くダナンまでやってこられる体力があるのに、今さら胸が苦しいから『診て』なんて。そんなのに民が乗ってしまうなんて、がっかりしましたわ」

「サブリナ嬢《じょう》！」

　ビンズがサブリナに怖《こわ》い顔を向ける。

「っ！」

サブリナはビンズの顔に怯《ひる》みながらも、キッと瞳に力を入れた。

「だって！　悔しいんだもの……。民に訊《き》きたいわ、自分の妻に惚《ほ》れる男が胸が苦しいって言ったからって、妻を看病に行かせるの⁉」

サブリナの言葉に、民らが目を泳がす。確かにサブリナの言う通りなのだ。

「王様もフィーお姉様も命がけでダナンを守り繁栄《はんえい》に繋《つな》げようとしているのに、王様は意地悪だとか、フィーお姉様は鈍感《どんかん》だとか……好き勝手言っちゃう民なんて。『紫色《むらさきいろ》の小《こ》瓶《びん》』を後宮に持ち込み使おうとした私が今こうして生きているのよ。王様のどこが意地悪なの？　フィーお姉様のどこが鈍感なのよ！」

その演説に、民たちは項垂《うなだ》れるほかなかった。

ビンズが潤《うる》んだ瞳のサブリナにハンカチを差し出す。

サブリナがいらないと首を横に振《ふ》る。

だが、ビンズはサブリナの目頭《めがしら》にハンカチを優しく当てた。

「だからこその忠臣ではないですか、サブリナ嬢。王様も王妃様も柔な心の持ち主ではありません。ですが、唯一《ゆいいつ》心を痛める対象がある。それが民の存在です。時に民から負の感情を持たれることもありましょう。平静を装《よそお》っていても、心には多くの針が刺《さ》さります。その『心痛』を王様も王妃様も『胸が苦しいから』と床《とこ》に伏《ふ》せることはしません。私たち忠臣が、その痛みを共に受けましょう。王様や王妃様が痛みの元に喚《わめ》かないのに、忠臣が喚いてどうするのです？」

サブリナとビンズの劇場が終演を迎《むか》える。

フェリアはクスッと笑って、二人に声をかけた。

「ビンズ、ハンカチでなくその胸を差し出すのが、騎士ではなくて？」

「「え⁉」」

サブリナとビンズが同時に声を上げる。

「ビンズ、サブリナを公爵家《こうしゃくけ》まで送ってこい」

マクロンが言った。

「そういうわけには」

「いくわ。サブリナにお化粧直《けしょうなお》しの時間を与えないつもり？　泣きそぼった令嬢をさらして歩かせるのが騎士なの？」

フェリアはサブリナの背を撫《な》でる。

「ありがとう、サブリナ。そんなに私たちに心を砕《くだ》いてくれて」

フェリアは、サブリナの体をビンズに促《うなが》す。

「かしこまりました。サブリナ嬢、行こう」

天然の騎士ビンズがサブリナと舞台《ぶたい》を降りた。

マクロンとフェリアは互《たが》いに微笑《ほほえ》み合う。そして、連れ立った者とも笑みを向け合った。

「『診て』治せない痛みは、極上《ごくじょう》の寝具で少しでも癒やせればいいのだがな」

マクロンが締《し》めの言葉を言って、一行は歩き出した。

王都の民たちは、恥《は》ずかしさと同時に、やっぱりダナンの王と王妃は素晴《すば》らしいと尊敬の眼差《まなざ》しを向けてきた。

ラファト王子が民の心を摑《つか》んだなら、今度はこちらも民の心を動かせばいい。

フェリアの筋書き通りに場は展開していったのだ。

ミミリーもサブリナも令嬢としての嗜《たしな》み……涙を自由に操《あやつ》れる。サブリナやビンズの台詞《せりふ》は、フェリアが考えた以上の力説に変更《へんこう》されていたが。

「どちらに向かうんです、王妃様？」

ゼグが訊いた。

「改装中の芋煮《いもに》レストランへ」

閉店と銘《めい》打《う》てば騒《さわ》ぎになるので、芋煮レストランは改装中としている。

そこで、新規事業を始めるのだ。

一行は、芋煮レストランへ『多毛草』を運んだ。

背負子を下ろして、皆で体を伸《の》ばす。

「姉上、舞台俳優になった気分でした！」

ジルハンがキラキラと瞳を輝《かがや》かせる。

「私なんて、本当に自然に涙がこみ上げてきたわ」

ミミリーが『オホホホホ』と笑った。

「心痛の仮病なんて、ジルハン様に本当に失礼よ」

「そんなことはいいから、ミミリー」

ミミリーとジルハンの仲も深まっているようだ。

「そういえば、ジルハン、丸太の具合はどうだ？」

マクロンがニヤニヤしながら訊いた。

「あ、兄上！　それは内緒《ないしょ》ですから」

「私に、内緒事があったのですね」

ミミリーの声が急激に落ちていく。

「そりゃあ、丸太を持ち上げてミミリーを横抱《だ》きする練習だもの。内緒にしたいわよね。あら、言っちゃった」

フェリアはわざとらしく口に手を当てた。

ミミリーの顔が『ボボボ』と赤くなる。

「わ、私、こう見えて、下腹ポッコリの洋梨体型ですの！　どうしましょう。今から、ダイエットをして、丸太並みの体重にならなきゃいけませんのね」

裏表隠《かく》さずのミミリーの発言に、皆の視線が自然にミミリーへ集まった。

ジルハンがすかさず、ミミリーを背に隠す。

「わ、私のミミリーですから、見ないでください」

生温かい視線がジルハンに向いて、ツーッと逸《そ》らされていった。


『ウフフ』『アハハ』

お花畑の中を歩くような、ジルハンとミミリーである。

そんな二人をマクロンとフェリアは眺《なが》めている。

「……ここまで相性《あいしょう》がいいとは思わなかった」

マクロンは呟《つぶや》く。

「フフ、本当にそうですね」

フェリアも二人の様子に頰を緩《ゆる》めていた。

改装中の芋煮レストランは、宿場町にあり、ラファト王子の滞在する宿にも近い。

お試《ため》しで作った寝具を持参し、ラファト王子の滞在する宿に向かっている。

「ジルハン、エミリオの補佐を頼《たの》む」

「ミミリーもイザベラの手伝いを」

マクロンとフェリアの言葉に二人はコクンと頷いて、警護の騎士を引き連れ王城へと向かっていった。

「さて、本題を引き出しに向かうとするか」

マクロンは腕《うで》を出した。

フェリアが嬉《うれ》しそうにマクロンの腕に手を添える。

「デートはできなかったが、楽しい上演だった」

「まさか、サブリナやビンズがあのように熱演してくれるなんて、思いもしませんでしたが」

フェリアは二人の台詞に感動していたのだ。

「ああ、私も驚《おどろ》いたし、嬉しかった」

「それに……私たちを送り出したエミ、いえ、ミタンニ王の言葉も」

エミリオはミタンニの民のことをダナンの王と王妃に頼《たよ》るわけにはいかないと、マクロンとフェリアに言ったのだ。

ミタンニの民を得るのでなく、ダナンの民の心を得てほしいと。ミタンニの民を得るのは自分の役目であり、横取りするなと笑って。

「皆の期待に応えよう」

二人は、ラファト王子の滞在する宿に入っていった。

先にバロン公とガロンが診察を始めていた。

「お手数をおかけします」

ラファト王子が申し訳なさげに眉《まゆ》を下げる。

「心痛だなどとうそぶいて、王妃様に『診て』もらおうとした浅ましさを反省します」

マクロンとフェリアは、部屋に入らずラファト王子の言葉を聞いている。

「俺らは必要ないってことかぁ？」

ガロンが言った。

「いえ、ガロン殿《どの》……酒宴《しゅえん》でのご両親のことをお話しします。ですが、王妃様とご一緒《いっしょ》の方がよろしいかと」

ガロンが『フーン』となんとも気のない返事をした。両親の酒宴話など聞き飽《あ》きているからだ。

「失礼」

そのタイミングで、マクロンとフェリアは部屋に入る。

ラファト王子が涼《すず》やかな視線を向けてきた。

熱い視線が通用しないなら、今度は好戦的な涼やかな視線でフェリアに挑《いど》んでいる。

「ちょうど良いところに」

ラファト王子がガロンを一瞥《いちべつ》し、『ご両親のことを話すところでした』と続けた。

「私が耳にしたいのは、両親のことじゃないわ」

「そうですか、残念です。ひと目は完了《かんりょう》なのでしょうか？」

脅《おど》し文句のようにラファト王子が言った。涼やかな笑みを浮《う》かべて。

自分の言葉に耳を傾《かたむ》けなければ、ミタンニの民は返さぬというように。

「私はダナンの王妃であると知っていて？」

フェリアは涼やかな視線に、優雅《ゆうが》に答えた。

「ミタンニ王を侮《あなど》ってもらっては困るわ。ミタンニの民のことを、これ以上ダナンに頼ることはしないと、私たちに宣言しましたの。ダナンの王と王妃は、ダナンの民を一番に考えてほしいと」

「我が弟は、王の器《うつわ》を持っている」

マクロンが親馬鹿ならぬ兄馬鹿よろしくとばかりに満面の笑みで言った。

ラファト王子から笑みがスッと消える。

「さて、ミタンニの民は切《き》り離《はな》した。その交渉《こうしょう》条件にダナンは従わない」

「私の両親のことも切り離すわ。酒宴の縁談《えんだん》話なんて、聞き飽きているしね」

ラファト王子の手札は、ミタンニの民とフェリアの両親のことである。その札が効力を失う。

「結局、残った手札は『ノア』だけだ。『ノア』の代わりに何を望む？　さっさと要望を口にしたらどうだ？　だが、正規外交ルートではない特使だったな。個人の望みを叶《かな》えてやる義理などダナンにはない」

マクロンが辛辣《しんらつ》に言い放つと、部屋には一拍《いっぱく》の静けさが流れる。

ラファト王子は悔しげに表情を崩《くず》す。だが、口を開かない。

「帰国願おうか」

「亡命を！　……亡命を望みます」

ラファト王子が焦《あせ》ったように声を出した。

「理由は？」

マクロンが冷静に問うた。

ラファト王子が言《い》い淀《よど》む。

その時、部屋にバタバタと急ぐ足音が近づいてきた。

「緊急《きんきゅう》です！」

伝令の騎士が膝《ひざ》をつく。

「ゲーテ公爵様から『魔獣《まじゅう》暴走』の知らせが届きました！」

「どこだ⁉」

マクロンがすかさず問う。

「草原の地より群れを成した魔獣が移動とのこと！　群れはいくつもある模様！」

フェリアは青褪《ざ》める。

「暴走の群れがいくつもあるなんて」

「ミタンニにいるゲーテからの報告の時差は十日だ。すでにミタンニに迫《せま》っている群れがあってもおかしくはない！」

伝鳥を使っても十日かかるのだ。

「始まった……跡目《あとめ》争いが！」

ラファト王子が突如《とつじょ》大きな声を出す。

「突然《とつぜん》、何を言っている？」

マクロンが眉間《みけん》にしわを寄せて問う。

「次代の王を決める跡目争いが始まったのです。兄弟が殺し合いをするのが、草原の習わしです」

衝撃《しょうげき》の習わしを突拍子もなく話すラファト王子に、マクロンもフェリアも言葉が詰《つ》まった。

「……それが魔獣の暴走と関係があるのか？」

マクロンの問いにラファト王子がコクンと頷く。

「簡単な話です。モディは建国三十年。次代の王は決まっていません。草原の習わしに則《のっと》り、最後の一人となるまで兄弟で殺し合って次代の王が決まります。その間、モディは不安定になります。たった三十年の歴史しかない国ですから……周辺から狙《ねら》われてしまいます」

「他国の跡目争いに、首を突《つ》っ込むものか？」

マクロンの問いに、ラファト王子がフッと鼻で笑う。

「跡目争いに首を突っ込むのではなく、その隙《すき》を狙われるのですよ。モディは周辺から優《ゆう》秀《しゅう》な人材を手に入れ建国しました。ミタンニ同様に、民の帰還《きかん》を望む国もあります。さらに、モディのように優秀な民を欲《ほっ》する国もね」

モディ国の跡目争いに乗じて、奪《うば》われた民を取り戻《もど》したい、さらにはモディ国がやったように優秀な人材を手にしようと周辺が動く、とラファト王子は言っているのだ。

「優秀な人材を攫《さら》った弊害《へいがい》だな」

マクロンが言った。

「本当に、優秀な人材を『得て』建国したなら、弊害は生まれなかったはずだ。『攫って』『奪って』国が成った。確かに、ミタンニも復国という機会で民の帰還を望んでいる。今回は機会でなく隙になるか。跡目争いという隙にな」

ラファト王子が顔を上げる。

「ええ、その通りです。そして、隙を埋《う》めるモノが必要です。草原にはまだ昔ながらの移動生活が残っています。モディに属さず、定住のモディを快く思っていない一族や集団もあるのです。それら一族や集団がモディに手出しできない状況を作らなければなりません」

ラファト王子がフェリアを見た。

「魔獣の乱獲《らんかく》を利用したのですよ。暴走が起これば、モディの跡目争いに構っていられませんから」

フェリアはそこで目を見開く。

「つまり……跡目争い中のモディ国に近づけぬように、魔獣の乱獲に乗じて、魔獣をわざとけしかけて暴走を引き起こしたっていうの⁉」

フェリアは信じられないとばかりに声を上げる。

「殺し合いをするんだ‼」

ラファト王子も声を張り上げた。

「……兄弟で殺し合うのですよ。フッ、殺し合いをして一人を決めるまで、モディが成っていなければ意味がないでしょう。魔獣はモディを守る鉄壁《てっぺき》の防御《ぼうぎょ》になります。外からの手出しはできなくなる。内からも逃《のが》さない。今、モディは次の歴史を繋げる岐路《きろ》に立っているのです」

ラファト王子が自嘲《じちょう》とも誇張《こちょう》ともとれる声で言った。反する気持ちがあるのだろう。

魔獣が暴走すれば、その対処でモディ国に手出しはできない。

さらに、攫って奪った民もモディ国から出ることもままならない。

跡目争いの殺し合いで生じるモディ国の隙は埋まり、次代の強い王が立つことになる。

「だが、モディ国も魔獣の対処が必要になろう?」

マクロンが問うた。

「だから! 私がここに来たのです。沈静草《ちんせい》を得るために。跡目争いは、魔獣暴走の中で行われます。沈静草を得ることが重要なのです。自身を守るだけでなく、モディも守るために、沈静草を納めねばならないから。カロディア領出身のダナン王妃様なら……沈静草の融通《ゆうずう》ができると思ったのです。薬師夫婦《ふうふ》がモディ王と取引したように、取引を引《ひ》き継《つ》いでくれないかと」

ラファト王子がマクロンとフェリアに潤んだ瞳を向ける。

今までの顔つきとは全く違《ちが》っていた。

「沈静草が望みでした! ですが、もう遅《おそ》いのです。私は……殺される。『面』しか取り柄のない私が唯一逃《に》げられる道がこの取引でしたのに」

ラファト王子の体が小刻みに震《ふる》え出す。

「た、助けてください。私は殺されたくありません。沈静草を得られず、父からは首を狙われましょう。跡目争いの刺客《しかく》も私を狙ってきます。モディからできるだけ遠いカロディアに匿《かくま》ってください！」

マクロンとフェリアはそこでフッと息を漏《も》らした。

まさか、欲しいのが沈静草だなどと思わなかったし、そんなことは面会時に申し込めば叶えてやれたことでもあったのだ。

「あー、確か草原の習わしって、物々交換《ぶつぶつこうかん》だったっけかぁ？」

ガロンが言った。

『ノア』の代わりに沈静草を。

至ってシンプルな要望だったのだ。

モディ王は沈静草を得るために、ラファト王子に要望を託《たく》した。

モディ国に納める分だけでなく、ラファト王子自身も守れる分を得るために、交渉材料としてフェリアの両親との酒宴話を盛り込んだ親書を持たせて。

「ラファト王子よ、その願い、面会時に申せばすぐに叶えてやれた」

「は？」

ラファト王子が驚いている。

「そ、んな……」

ショックを受けたようにラファト王子が呆然《ぼうぜん》としている。

その『面』が一手二手を披露《ひろう》したラファト王子の狡猾《こうかつ》さとはかけ離れており、フェリアは内心訝《いぶか》った。

きっと、まだ何かある。だが、今は魔獣の対処が急務だ。

「ラファト王子により、魔獣暴走の背景は摑めました。すぐに対処しなければなりませんわ」

マクロンが小さく頷く。

「話の途中《とちゅう》だが、急を要する」

マクロンがバロン公に合図を送った。

「心痛を『診て』ゆっくり『眠《ねむ》らせて』くれ」

マクロンが、バロン公の胸元《むなもと》を一瞥してから急いで部屋を出る。

「ラファト王子、話は心痛が治ってからですわ」

フェリアはあえて穏《おだ》やかな顔つきで言った。

跡目争いという残酷《ざんこく》な殺し合いから、必死に助かろうとしている者に向ける慈愛《じあい》の眼差しで。

フェリアは踵《きびす》を返《かえ》し、マクロンの後を追った。

ガロンもフェリアに続く。ここでラファト王子を診るより、魔獣の対処に向かうべきだからだ。

三人が出ていくと、ラファト王子の体から力が抜《ぬ》ける。

「ダナンに、居てもいいんですよね？」

ラファト王子が呟く。

そうである、ラファト王子の望みは沈静草でなく、ダナンに留《とど》まること。沈静草が欲《ほ》しいなどと言って、交渉が進むことを望んではいなかった。

なぜなら、懐《ふところ》に隠した手帳こそが、ラファト王子の真の望み。それは、ダナンに留まることでしか得られないことだから。ダナン王妃フェリアの傍《そば》でなければ、手帳の効力は発揮できないだろうと。

ラファト王子はバロン公に見られぬように俯《うつむ》き、懐に手を当ててニヤリと笑う。

上手《うま》くいったとばかりの顔つきだ。

「さて、ゆっくり眠った方がいいでしょう」

バロン公がおもむろに胸元の花を取り出した。

アルファルド王家の『秘花』である。

「さあ、そのように胸を押さえるほど苦しいのですから、治療《ちりょう》をしましょう」

「え？」

ラファト王子が顔を上げ、バロン公を見た瞬間《しゅんかん》、意識が途切《とぎ》れた。

マクロンとフェリア、ガロンは王城に戻った。

「兄上、出発します」

伝鳥でいち早く連絡《れんらく》を受けたエミリオは、ミタンニへ出発するという。

本来なら一週間後の出発のはずだ。

「待て、急ぐな」

マクロンは、エミリオの旅支度《じたく》を止める。

だが、フェリアはマクロンの手を止めた。

「マクロン様」

マクロンの瞳がフェリアに移る。

フェリアは微笑みながら、首を横に振った。

それは、もう『別れの時だ』とマクロンに声にせず伝えるように。

「フェリア……」

マクロンの瞳が揺《ゆ》れる。

「ミタンニの危機に駆《か》けつけない王が、民の信頼《しんらい》を得られますか、兄上？」

エミリオの言葉に、マクロンは返す言葉を言いたくはないのか、瞳を閉じて首を横に小さく振っただけだ。

「盛大《せいだい》に送り出したかったですね、マクロン様」

フェリアは、俯き気味のマクロンに優しく声をかける。

「まだ復籍《ふくせき》したばかりだった。本当は、もっと、兄弟の時間を過ごしたかったのだ。もっと、教えたいことがあった。もっと、色んな経験をさせたかった。二年も一緒にいられず、見送ることになろうとは……」

マクロンは苦笑《くしょう》しながらエミリオに視線を向けた。

「兄の最後のわがままだ。国境まで見送ろう」

「私も、一緒にお見送りをしたい……乗馬は騎士に任せるから、私も国境まで連れていって」

王城に戻っていたジルハンがポロポロと涙を流している。

そこで、ガロンがエミリオの横に立った。

「ちょっくら、ミタンニまでお供しますよ。沈静草を運んでいるサムを追わなきゃなぁ」

「ありがとうございます、ガロン殿。心強いです」

エミリオがガロンに礼を述べる。

魔獣の暴走を鎮《しず》めた経験のある者が必要なのだ。沈静草の使い方、魔獣の進路変更、棲《す》みかへの誘導《ゆうどう》、それらを知る者が。

フェリアはダナンから動けない。

「玉座を頼む、フェリア」

「かしこまりました」

マクロンの命令に、フェリアはイザベラとミミリーの手を取った。

この場には、皆揃っているのだ。

「三人で守りますわ」

サブリナがフェリアに控《ひか》え、ビンズがマクロンに控える。

ソフィア貴人も皆の雄姿《ゆうし》を部屋の片隅《かたすみ》から見守っている。

遠くフーガ領からも、フーガ伯爵《はくしゃく》夫人《ふじん》キャロラインが笑っているような気がする。

最後の時は全員で。

「新たな旅立ちだ！」

マクロンが声を張り上げると、皆が互いに視線を交《か》わしていく。

そして、エミリオがイザベラを抱擁《ほうよう》した。

「必ず、追いますわ」

「ああ、先に行っている」

先を急ぐエミリオだからこそ、馬に乗れないイザベラと共に向かうことはできない。

『行ってきます』とは言えない。エミリオはダナンに『ただいま』を言うことはないのだから。

「行きます」

エミリオが背を向けた。

フェリアはその背中を生涯《しょうがい》忘れはしないだろう。

マクロンとエミリオ、ジルハンが並ぶ背中を。

5 もう一人の王子

ハンスと元近衛《このえ》隊長は草原に潜入《せんにゅう》していた。

「さてと……モディ国で何やらきな臭《くさ》い動きがあるな」

フェリアからの伝鳥で、魔獣《まじゅう》のことがミタンニやカルシュフォン、アルファルドに知らせられ、ミタンニ滞在《たいざい》中のペレがハンスに内密に伝えたのだ。

魔獣の動向を調べるために、ハンスと元近衛隊長、元近衛らは分散して草原に潜《ひそ》んでいたのだが、草原のあちこちで魔獣の暴走が始まるや否《いな》や、いち早くペレに元近衛らが知らせに走った。

その情報がゲーテ公爵《こうしゃく》から伝鳥でダナンに飛ばされた。

そして、草原に残ったハンスと元近衛隊長は、モディ国を見つめている。

モディ国には多くのミタンニの民《たみ》がいる。魔獣の暴走で危険が迫《せま》っていないか、見過ごすわけにはいかなかったからだ。

だが、モディ国周辺では魔獣の暴走は起こっていない。

「奇妙《きみょう》ですな」

元近衛隊長もハンスの言葉に続く。

モディ国への商人の出入りが激しいこと、夜逃《よに》げのような一団の動きと捕獲《ほかく》、晒《さら》された『首』。殺伐《さつばつ》とした雰囲気《ふんいき》が漂《ただよ》っている。

跡目《あとめ》争いの殺し合いが始まっていたのだ。

だが、ハンスと元近衛隊長はそれをまだ知らない。

「魔獣の暴走中にしては、モディ国の様子はおかしいとしか」

元近衛隊長が言った。

「ああ、普通《ふつう》なら防御《ぼうぎょ》を固めるはずが、最低限の守りにしか見えない。確かに、魔獣の暴走はここから離《はな》れているが」

ハンスは険しい瞳《ひとみ》でモディ国を見つめている。

「やはり、商人のふりで潜入を？」

元近衛隊長の言葉に首を横に振《ふ》る。

「出入りが激しい商人では、用事が済んだらすぐにモディ国から出ることになる。さて、どうしたものか」

丈《たけ》のある草に埋《う》もれながら、ハンスと元近衛隊長はモディ国の関所を眺《なが》めている。

すると、背後の草がガサッと揺《ゆ》れた。

二人は瞬時《しゅんじ》に中腰《ちゅうごし》で剣《けん》を構える。

ガサガサ、ガサガサと何かが近づいてくる。

「あっ」

二人の視界に現れたのは、一人の男。

その男の首にはハンスと元近衛隊長の剣が寸の隙間《すきま》で止まっていた。

男は両手を挙げている。

「え、えーっと？」

男が愛想笑《あいそわら》いを浮《う》かべながら、ハンスと元近衛隊長へ目だけキョロキョロと動かした。

「誰《だれ》かな？」

ハンスが問う。

「お、俺？」

「お前以外に誰がいる？」

「そうですよねー」

男には剣に対する恐怖《きょうふ》心はないようだ。

「……我らが身を隠《かく》すことができないところまで気配を消して近づき、そこから草音を出すとは、なかなかの身のこなしですな。剣にも驚《おどろ》いていない」

元近衛隊長が、すっとぼけ男に言った。

「ですよねー。いや、なんて言うか……そうだ、誰かから申しましょう」

男は両手を挙げたまま、軽く会釈《えしゃく》する。

「ミタンニの間者とお見受けした。私は、モディ国第十三外王子ラファトと申します」

ハンスと元近衛隊長は、ジッと男を見る。まだ、他に言うことがあるなら言ってみろと圧をかけて。

「えーっと、この背負子《しょいこ》の中身は沈静草《ちんせい》とか薬草とかです」

ラファト王子は籠《かご》をつけた背負子を背負っていた。さらに、王子というわりには、みすぼらしい格好だ。

まだ、ハンスも元近衛隊長も口を開かない。

「他には……あっ！　あの『首』は、たぶん第四王子かな？　モディは今跡目争いの生き残りバトルが始まっちゃってるっぽいです、はい！　これでいいでしょ？」

ラファト王子がハンスにキラッと白い歯を見せて笑う。

ハンスは静かに剣を下ろした。

元近衛隊長も同じく剣を下ろす。

ラファト王子も手を恐《おそ》る恐る下ろす。そして、『フゥゥ』と弛緩《しかん》した。

「それで、自称《じしょう》王子様がなぜお一人なのですかな？」

ハンスがフォフォフォと笑う。

「いやさ、俺の配下五人は皆《みな》逃げちゃったわけ。生き残りバトルで、生き残り率零《ゼロ》パーセントの俺についてても、死亡率百パーセントだから、蜘蛛《くも》の子を散らすが如《ごと》く消えちゃって。いや、たぶん、他の王子んとこに与《くみ》したと思う」

ラファト王子がウンウンと自身の発言に頷《うなず》く。

「ねえねえ、俺はこれだけ話したんだから、すこーしばかりでもお二人のことを教えてほしいなぁ……なんて」

ラファト王子がハンスと元近衛隊長の顔をチラチラと見る。

「フォフォフォ、そうですな。お教え致《いた》しましょう。ミタンニから来た者で間違《まちが》いはありませんぞ」

ハンスは、ラファト王子の目を見ながら言った。

ラファト王子の目がパッと輝《かがや》く。

「当たっちゃったんだ！　流石《さすが》、俺」

「能天気を装《よそお》うのがお上手ですな」

ハンスの言葉に、ラファト王子は頭を掻《か》きながら『へへ』と笑う。

「それはお互《たが》い様っぽいから、このままでよくない？」

「フォフォフォ、いいでしょう」

三人は草むらに屈《かが》んだ。

「なんで二人に声をかけたかっていうとさ。モディのことを教える代わりに、俺の逃亡《とうぼう》を手助けしてほしいなって思ったわけ」

「ほぉ、それは興味深い取引ですな」

ハンスは好々爺《こうこうや》の如く相好を崩《くず》す。

ラファト王子も能天気そのままの口調で続ける。

「この背負子の沈静草をモディ王に献上《けんじょう》すれば、他の王子らから狙《ねら》われない猶予《ゆうよ》期間を貰《もら》えるんだ。モディ王印の押された免罪符《めんざいふ》ね。納める量で猶予期間は決まる。たぶん、この量なら二、三週間かな」

「なるほど、なるほど。その期間中の助《すけ》っ人《と》を頼《たの》みたいと？」

ラファト王子が大きく頷く。

「本来なら、その狙われない期間で跡目争いを生き残る態勢作りをするらしいけど、俺はそのバトルからできるだけ逃げたいわけ。そうなると、協力者は他国の者にって考えるでしょ。それも文化圏《けん》の違《ちが》う地域に逃げたいし、融通《ゆうずう》が利《き》きそうな者がいいなぁって淡《あわ》い期待をしてたら、二人が目の前に現れた。これって、神様の思《おぼ》し召《め》しだよね！」

ラファト王子の口は止まらない。

「跡目争いだから、最後の一人になるまで行われるんだ。本当は五名の配下と一緒《いっしょ》に動くものだけどさ、早々に見切りをつけられちゃって。それどころか、身包《みぐる》み剥《は》がされちゃったわけ。それで、俺さ」

「その辺で、一旦《いったん》整理したいのですが」

元近衛隊長が止める。

ハンスは笑《え》みを湛《たた》えたままだ。

「今、モディ国では次代の王を決めている？」

「そう！」

「あの『首』は跡目争いの生き残りバトルに敗れた王子のもの？」

「その通り！」

「王子らで殺し合いをして、生き残った者が次代の王となる？」

「まさに！」

「あなたは生き残りバトルから逃げたい？」

「当たり前！」

「その条件は沈静草の献上？」

「これね」

ラファト王子が、背負子に乗せた籠の蓋《ふた》を開けて中を見せる。

「こっちが、納める沈静草で、この小さい袋《ふくろ》が自分用の沈静草……これは、魔獣の好物の薬草、それで」

「大丈夫《だいじょうぶ》です、怪《あや》しい物はないとわかりますし、本当に逃亡したいこともわかりました」

元近衛隊長が言って、ハンスと頷き合った。

「どうかな、協力してくれたりする？」

ラファト王子とハンスの視線が重なる。

「あなたは生き残りたい。最後の二人となるまで逃げた後、舞《ま》い戻《もど》って最小限一度の対戦をする。つまり、王になりたいと？」

ラファト王子が首を横に振る。

そこでやっとラファト王子が真顔になった。

「俺は本当にバトルをしたくない。王になんてなりたくもない」

「一生逃亡生活を？」

その問いにもラファト王子は首を横に振った。

「跡目争いから逃げて、唯一《ゆいいつ》生き残れる方法があるんだ。限りなく不可能に近いけどさ」

ハンスも元近衛隊長もラファト王子の言葉を待つ。不可能な条件を聞くまで口は開きようがない。

「他国の王族に与すること。つまり、『婿入《むこい》り』か『養子縁組《えんぐみ》』ね。でも、新興国の王子を貫いたいなんて奇特《きとく》な国は存在しないでしょ？　しかも、その母国から狙われていた首だしね」

そこまで話して、ラファト王子は押し黙る。

草原の風が、サラサラと草を撫《な》でている。

「まだ、わからぬことがありますぞ。ラファト外王子様」

ラファト王子が『あっ』と声を漏《も》らした。

「えーっと、言い忘れ。というか、モディだけの言い方だったか」

外王子という呼び名のことだ。

「まずは……草原では多くの妻を持ち多くの子を成すことになっている。モディ王の王子は二十六人もいるし、姫《ひめ》に至っては数えきれないぐらいかな」

ラファト王子が指を出して数えたが、諦《あきら》めたようだ。

「それで、モディは建国して三十年。半分はまだ草原を移動していた時の王子で、第十三王子の俺までが外で生まれた王子。第十四王子からは、国として成ってからの国内で生まれた王子ってこと」

ハンスと元近衛隊長は初耳である。

「こう言っちゃあなた方の文化圏では考えにくいかもしれないけど、俺がモディ王に会ったのは十の指で数える程度しかないんだ」

ハンスは首を傾《かし》げる。

「俺はモディ王城内で暮らしていないからね。外王子はそのまんま外暮らし」

「なるほど、定住より移動生活を選んで、国に入らなかったと？」

元近衛隊長が訊《き》く。

「入らなかったんじゃなくて、入れなかった。三十年前の草原は移動生活だったでしょ。モディ王と一緒に移動していた妻らは妃《きさき》という認識《にんしき》で王城暮らし。移動を共にしていなかった外妻は、あんたらの文化圏で言うところの愛人？　それで俺は庶子《しょし》ってなるのかな。そういうわけで、捨て置かれたけど自由気ままにやってたのに……」

「跡目争いの生き残りバトルとやらに、強制参加となったわけですかな」

ハンスはまたフォフォフォフォと笑う。

ラファト王子が口を尖《とが》らせながら『そう』と答えた。

「今思えば、妃らの策略だよ。外で生活している王子に勢力は作れないしね。建国時からもう跡目争いは始まっていたんだと思う」

ラファト王子の視線が『首』に移る。

「また増えた。あれは……第十王子と、十一王子かな。俺と一緒で外暮らしの王子だね。それに、同じ腹の王子。残酷《ざんこく》だよ」

ハンスも元近衛隊長も『首』を確認《かくにん》する。

外暮らしの王子がいち早く狙われたのだろう。

「今、何人生き残っているやら」

その声だけは能天気ではなかった。

「モディ国が沈静草を欲《ほ》しい理由は、魔獣対策でしょうか？」

元近衛隊長が話を変える。

「そう、魔獣除《よ》け……」

言《い》い淀《よど》んだラファト王子にハンスは鋭《するど》い視線を向けた。

「全て話してくれなければ、協力は検討できませんぞ」

「検討を外してほしいんだけど！　俺、結構モディィの情勢を伝えたよ？」

ラファト王子が恨《うら》めしげにハンスを見る。

「フォフォフォ、そうですな。こちらの文化圏での融通は利かせましょう。約束します」

ラファト王子の瞳が煌《きら》めき出す。

その相貌は、普通の令嬢《れいじょう》ならイチコロだろう。

ダナンにいるラファト王子にも劣《おと》らない『面』をした王子だ。銀細工の髪《かみ》留めで漆黒《しっこく》の髪を一括《くく》りにし、白い歯を見せる爽《さわ》やかさ。

笑顔《えがお》が眩《まぶ》しいを体現したような王子である。

眉目秀麗《びもくしゅうれい》な王子と笑顔が眩しい王子、二人ともラファト王子と名乗っている。

もちろん、ハンスも元近衛隊長もそのことは知らない。

「ありがとう、感謝するよ。一人で逃げることになるかと、冷《ひ》や汗《あせ》ものだったんだ。もうさ、ダナンの幽閉《ゆうへい》島に幽閉されたい気分だったよ。草原の奴《やつ》らは海を越《こ》えられないからね。

船もなけりゃ、泳げもしないし」

ハンスは感心する。確かに安全な逃げ場だ、幽閉島は。他国の者は入ることができないのだから。

フーガ領民しか入れず、さらに幻惑草《げんわくそう》のことで今は鉄壁《てっぺき》の守りになっている。

「ミタンニ王にコッソリお願いすれば、ダナン王に伝わるかな？　あなた方はミタンニの間者でしょ？　つてのつてのつてので、ミタンニ王に辿《たど》り着《つ》けない？」

元近衛隊長が肩《かた》を震《ふる》わせ耐《た》えている。

このことは、ミタンニ王エミリオを通さずとも、ダナン王マクロン並びに王妃《おうひ》フェリアにも伝わることだろう。つてのつてのつてでなく、つて一つで伝わることも可能なのだ。

ハンスはペレと繋《つな》がっているのだから。

「逃げ先はダナンのフーガ領幽閉島を目指すのですかな？」

「そう！　それが第一希望。幽閉される何か悪巧《わるだく》みをすればいいよね。第二希望は、望《のぞ》み薄《うす》な他国王族への『婿入り』か『養子縁組』。それで、これが現実的だろうけど、第三希望は……介錯《かいしゃく》を。途中《とちゅう》まで一緒に逃げてくれるだけでいい。草原とは違う景色をちょっとでも目にできたら本望《ほんもう》さ。兄弟に『首』を斬《き》られるのは嫌《いや》なんだ」

ハンスは目礼した。

そして、片膝《かたひざ》をつきラファト王子にちゃんと頭を下げる。

元近衛隊長もそれに倣《なら》った。

「いいでしょう。希望が叶《かな》えられんことを」

ハンスの言葉に、ラファト王子も頭を深々と下げた。

そして、顔を上げ先ほど言い淀んだことについて口を開く。

「跡目争い中は、内乱のようなもの。周辺から、モディは狙われやすくなる。優秀《ゆうしゅう》な人材がモディには居るからね。モディから意識を逸《そ》らすため、近頃《ちかごろ》の魔獣の乱獲《らんかく》に乗じて、魔獣をけしかけ凶暴化《きょうぼうか》させているのさ。暴走が起これば、モディに構っていられないからね。それで、その暴走を合図に跡目争いの殺し合いが始まる取り決めだったんだ。王子たち全員に、モディ王から五名の配下と共に、文書での通達があった」

ハンスの顔が険しくなる。

「モディ国から離れたところで魔獣をけしかけるが、万が一モディ国に魔獣が迫った時用に、沈静草が必要ということか。沈静草を納めることと引《ひ》き換《か》えに、時間を手にすると？」

ラファト王子が頷く。

「「「……」」」

そこで、三者三様に無言となる。

ハンスは考えを巡《めぐ》らせ、元近衛隊長は周囲を警戒《けいかい》する。ラファト王子は、ハンスの判断を待っている。

「暴走の群れがいくつも発生していることはご存じか？」

ラファト王子の顔が険しくなる。

「こちらの文化圏に向かう魔獣を止めたい。ミタンニはその最前線になろう」

ラファト王子の視線が、瞬時に沈静草へ向かう。

「どうしますかな？　モディ王に差し出すか、ミタンニに差し出すか、決められよ。我らは王子様がどちらを選ぼうと、約束は違《たが》えません。融通を利かせ、お供致しましょう。追っ手が迫ってきましたら、介錯し、その『首』をダナンのフーガ領幽閉島にて幽閉するとお約束致します」

沈静草をどこに差し出すのかと、ハンスはラファト王子の判断に委ねたのだ。

ラファト王子が背負子を背負う。

「さあ、のんびりしていられない。早くミタンニに出発しよう！」

三人は笑みを浮かべた。

「生き残りバトルが始まっちゃったからさ、沈静草を持ってノコノコ王城に向かったらすぐ『首』にされていたかもしれない。どうせ『首』を落とされるなら、魔獣に介錯してもらうのも一興だよね」

ラファト王子の粋《いき》な言葉に、ハンスはフォフォフォフォと笑った。

「言い忘れましたが、私はダナン先王様の元近衛隊長です」

元近衛隊長がサラリと告げる。

「私は、ダナン王城の倉庫番で、その腕《うで》を買われミタンニにやってきました」

ハンスと元近衛隊長の言葉に、ラファト王子が『してやられた』と楽しげに言ったのだった。


草原の中央にあるモディ国と、ミタンニまでは馬で三日ほどしかかからない。

だが、馬での移動は目立つ。追っ手には簡単にばれてしまう。

だからこそ、ラファト王子は背負子を背負い徒歩だったのだ。

「配下がいなくなったおかげで、全く目立たず、つけ狙われなくなったから反対に良かったよ。まあ、生き残りバトルが始まる前に三度ほどあったかな、襲来《しゅうらい》は」

魔獣暴走までは『首』にはできない決まりだから、捕《と》らえて生かしておいたり、所在を摑《つか》んでおいたりと、策略を巡らすことは可能だ。もちろん、強奪《ごうだつ》も。

その襲来で、モディ王からの伝達文書も、王子たるに相応《ふさわ》しい衣服も、所持金と持ち物全てを奪《うば》われたそうだ。

本人はあっけらかんとして、邪魔《じゃま》な長い髪を括る髪留めだけあればいいのだと笑っている。

「三度程度なら、王子の中でも一番少ないと思うよ。しょぼい外暮らしの勢力もない王子を襲撃《しゅうげき》しても、胸を張れないからね。それこそ、本命の王子は猶予期間いっぱい、しょぼい王子ばかり狙う王子を高みの見物で転がしておいて、体力と勢力が減ってきたところを狙うだろうし」

ハンスはラファト王子がただ者ではないと感じている。

「それほどの見通しができるなら、王を目指しても良かったでしょうな。それこそ、他国の王族に『婿入り』や『養子縁組』するより可能性がある」

「勘弁《かんべん》してよ。冗談《じょうだん》じゃない。将来、自分の子どもが殺し合うわけでしょ。俺の心が最初に死んじゃうって」

「その残酷な習わしを、自身が王になり変えようとは思わないのですかな？」

「それって、王になるために、俺に『首』を狩《か》れってことでしょ？　その習わしを変えたいのに、その習わしに準じるなんて本末転倒《ほんまつてんとう》じゃん。嫌だ、嫌だ」

ラファト王子が眉間《みけん》にしわを寄せて手をバッテンにして拒否《きょひ》した。

「あなたのような方が、本当は王に相応しいのに、残念なことですな」

ハンスはラファト王子の向こうに、マクロンの顔を見ていた。

王の器《うつわ》に相応しい者を、思い浮かべるなら先王よりもマクロンである。そして、同じく思い浮かべるのはフェリアの姿だ。

「……ダナンに、あなたを連れていきたいですな」

「そう思っちゃう？　俺も俄然《がぜん》行きたくなってるから！」

ラファト王子の軽口は健在だ。

「そろそろ、ミタンニの城壁《じょうへき》が見えてきますよ」

元近衛隊長が言った。

だが、城壁よりも先に目にしたのは、『赤い瞳』の群れだった。


ラファト王子を『診《み》た』翌日、フェリアは玉座を守っていた。

エミリオを国境まで見送りに出たマクロンは、今日にも王城に戻ってくるだろう。

昨日、マクロンらを見送った後、『草原で魔獣暴走発生』と周辺国にできる限り知らせを出した。

沈静草は、サムがミタンニに、六人の幼なじみが魔獣の棲《す》みかがある国に運んでいる最中だ。各国に魔獣狩《が》りの危険性も伝える手はずになっている。早急《さっきゅう》に魔獣狩りが禁止されれば、こちらの文化圏での暴走は起こらないだろう。

問題は、草原から移動してくる魔獣の群れへの対処になる。

ミタンニは城壁に囲まれた国だ。魔獣の侵入《しんにゅう》は防げるだろうが新たに開発している城壁外の被害《ひがい》は出る。復国の一歩目を挫《くじ》かれることになるだろう。

何度も復国が頓挫《とんざ》したミタンニの民の気持ちを思うと、今回もまたなのかと疑心が生まれそうだ。

エミリオが到着《とうちゃく》すれば、士気は持ち直せそうだが。

さらに危惧《きぐ》することは、ミタンニを通り越してしまえば、こちらの文化圏に暴走した魔獣が入ってくることになる。

アルファルドまで一気に南下してくることだろう。好物の薬草がアルファルドにあるのだから。

アルファルドに沈静草はあるだろうが、医術国のため、魔獣の対処ができるかどうか不安なところだ。

つまりは、ミタンニで魔獣を押し止《とど》めれば被害は免《まぬか》れる。

だが、沈静草が必要であり、その使い手がいなければ防ぎようがない。

「サムは間に合わない」

ミタンニに沈静草を運んでいるのはサムだ。出発して二週間強経《た》っているが、どんなに急いだとしても荷馬なので間に合うことは不可能だ。エミリオと共にガロンが駿馬《しゅんめ》で追っているが、それでも間に合わない。

伝鳥の知らせは十日の誤差がある。

すでに、『赤い瞳』の群れはミタンニに迫っていよう。

「ミタンニは突破《とっぱ》してしまう。だけど、アルファルドなら間に合う」

アルファルドで魔獣を待ち受ける状況《じょうきょう》になるはずだ。

その後にエミリオと一緒に向かったガロンが到着すれば、持ちこたえることは可能だろう。

「最初の群れの被害は免れないわ」

フェリアは拳《こぶし》を握《にぎ》った。

「……もう、できることがないなんて」

ダナンの玉座でできることはもうない。

もっと早く、ラファト王子の口を割らせていたら、沈静草の輸送を急ぐことができ、間に合ったかもしれないのに、とフェリアは忸怩《じくじ》たる思いに駆《か》られた。

ひと目の機会をすぐに与《あた》えていたら、何か聞き出せただろうかと、フェリアは拳に後悔《こうかい》を滲《にじ》ませた。

リシャ姫から草原の魔獣乱獲を耳にしていたのに、ラファト王子の自身との婚約《こんやく》話に気を取られていた。そこに、両親のこと、ミタンニの民のことが重なり、ラファト王子に草原の魔獣の動きを確認できると気づかなかったのは落ち度だ。

「フィーお姉様」

控《ひか》えているサブリナが、フェリアの拳を包んだ。

「サブリナ、ありがとう」

フェリアは大きく深呼吸して拳を解いた。

「大丈夫よ、一人で背負ったりはしないから」

カロディアにも連絡《れんらく》を出してある。リカッロとリシャ姫もダナン王城に向かっていることだろう。

魔獣の最初の対処は終わっている。今後は状況を確認しながら指示することになる。陣《じん》頭《とう》指揮は、やはりリカッロが適任である。

そこへバロン公《こう》がやってきた。

フェリアは玉座を守る者として、背筋を伸《の》ばす。

「どうです、診察《しんさつ》の具合は？」

バロン公が頬《ほお》を緩《ゆる》める。

「よーく、眠《ねむ》っておられますよ。寝具《しんぐ》がよろしいのでしょう。心痛だなどとは思えぬほど、スーヤスヤと穏《おだ》やかな寝顔《ねがお》です」

ビンズがここにいたなら、『お人が悪い』とかなんとか言いそうだ。

「『眠りの王子様』って看板でも立てて、露天《ろてん》市場にでも置いちゃえばいいのよ。『真実の愛（接吻《キス》）で目覚めます』なんて加えれば、一儲《ひともう》けできるわ」

サブリナが辛辣《しんらつ》に言い放った。

今や、王妃フェリアの右腕《みぎうで》となったサブリナや、ジルハンと婚約したミミリーには、『秘花』のことも含《ふく》め、機密事項《じこう》は伝えられている。

だからこそ、マクロンとフェリアが、命がけでダナンを支えていると民の前で言い放ったのだ。

バロン公がサブリナの発言に『お見それ致しました』と頭を下げる。

「マクロン様が戻るまでは……闘技《とうぎ》場のど真ん中にでも寝《ね》かせておきましょうか。もちろん、天蓋《てんがい》付きの豪華《ごうか》なベッドで」

フェリアもサブリナに悪乗りする。

「私は、『王子の心痛、癒《い》やしの寝具で解消される』とでも宣伝しておきますわ」

サブリナは新規事業の担当でもある。

「ところで、勝手ながら持病や常用薬を確かめるために、ラファト王子の荷物や身体《しんたい》を確認しました」

「ええ、問題はないわ。突然《とつぜん》気を失った者のためだもの、当たり前の調査よ」

突然気を失わせたのはこちら側ではあるのだが。

バロン公が頷く。

「特には。ただ荷物があまりに少ないこと、加えて、一晩でラファト王子一人だけになりました」

「何か薬は出たの？」

荷物が少ないのは、跡目争いで身軽でいるためであろう。

だが、後半の言葉の意味がわからず、フェリアは首を傾げた。

「配下と思われる者が消えています」

ラファト王子は、草原から十名の配下と一緒にダナンに入った。

その十名が、ラファト王子が意識を失ってから一晩で姿を消したのだという。

フェリアは、すぐにゾッドに目配せした。

今、王城には第一騎士《きし》隊である近衛と、第二騎士隊であるビンズの隊はいない。エミリオの見送りで出ているからだ。

王妃近衛隊と、王城配備の第三騎士隊、実戦部隊の第四騎士隊が、玉座を守るフェリアの指揮下にある。

ゾッドが、『第四騎士隊に連絡を』とお側騎士《そばきし》のセオを走らせた。

それらを確認し、フェリアはまたバロン公と向き合う。

「それから、こちらを。ラファト王子の懐《ふところ》に入っていました」

バロン公が差し出した物に、フェリアは驚きを隠せない。

何かを包んでいる『大葉』がフェリアに渡《わた》される。

「中には、手帳が入っています。まだ開いてはいません」

フェリアは『大葉』を開き、中の手帳を手に取る。

手帳よりも『大葉』の方が本題であるとフェリアはわかっているが、それをここで明かすことはしない。

『大葉』を使った秘密の文のやり取りは、カロディア領主家だけに伝わる秘事である。

つまり、この『大葉』に包まれた手帳は、フェリアの両親の物だろう。

この『大葉』に包まれた手帳をラファト王子がどう手にしたのか気になるところだ。懐に隠し持っていたのだから。

宿で両親のことを切り離した時、なぜラファト王子はこれを出さなかったのだろうか。

これを出されたら、ガロンとて身を乗り出すことだろう。

ラファト王子の要望は、沈静草でも亡命でもない。この手帳に関わることかもしれない、とフェリアは内心で思った。

『大葉』が気になるものの、フェリアは中の手帳を開いて確認する。

奇妙な文字だ。いや、文字なのかも疑わしい。

「モディ国の文字かしら？」

フェリアの両親がモディ国の文字を記したのか？　あちらでの取引で必要な文字だった

のか？　と、フェリアは考えを巡らす。

「モディ国独自の文字はありませんよ。草原の文字ならありますが」

フェリアは手帳を広げて、バロン公にも見てもらう。

バロン公が手帳を覗《のぞ》き込む。

「私の知っている草原の文字ではありません」

後で、親書を扱《あつか》う文官に確認する必要があるが、草原に近いアルファルドの王弟バロンが知らぬなら、草原の文字ではないのだろう。

「モディ国だけがわかる暗号かもしれませんな」

バロン公は、この手帳をラファト王子の物として認識している。

だが、この手帳はフェリアの両親の物だ。モディ国だけにわかる暗号でなく、両親しかわからぬ暗号の方が正しいかもしれない。

「バロン公、ありがとう。こちらで調べてみるわ」

マクロンが戻ってきてから考えた方がいいと、フェリアは手帳と『大葉』を横のテーブルに置いた。

ゾッドが預かろうと手を伸ばすが、フェリアはそれを制する。

『大葉』が調べられるのは、フェリアだけだ。手帳もラファト王子の物として調べても、何も判明することはないだろう。

「あとで、もう少しゆっくり見たいから」

ゾッドが会釈して下がる。

「それで、『眠りの王子』はどこへ運べばいいでしょうか？」

バロン公が言った。

フェリアは思わずサブリナに視線を向けていた。

「わ、私が決めるのですか？」

「サブリナなら極上《ごくじょう》の案が出るかと思っちゃって、フフ」

バロン公も笑っている。

「わ、私は、新規事業に行きますわ」

ラファト王子を押しつけられては困るとばかりに、サブリナが11番邸《てい》に逃げていった。

「バロン公、7番邸をお使いください」

フェリアは、薬事官の仕事場を指定した。

今は、芋煮《いもに》レストランから異動した者で稼働《かどう》している。

エミリオの出発は早くなったものの、薬草関連の必要な品を作りミタンニに運ばなければならない。

「ガロン師匠《ししょう》より、聞いております」

「ローラ、案内を」

フェリアは控えているローラに指示した。

バロン公とローラも出ていき、フェリアは大きく息を吐《は》き出《だ》した。

『マクロン様を待とう』

『大葉』を確認するなら、二人の方がいい。フェリアは、窓辺から外を眺めた。


全身ボッロボロ。それが言い得ているだろう。

笑顔が眩しい方のラファト王子がヘロヘロ状態で、肩で息をしている。

「まさか、持参した沈静草をすぐに使うことになるとはね」

ミタンニに迫っていた『赤い瞳』の群れを、沈静草で落ち着かせ、好物の薬草で生息地まで誘導《ゆうどう》した。

もちろん、ラファト王子だけで行ったわけではない。

「貴殿《きでん》のご協力に感謝します」

ゲーテ公爵がラファト王子に言った。

「……あー、はい」

ラファト王子は周囲をキョロキョロと見回す。

ハンスと元近衛隊長の姿はいつの間にかなく、眉間にしわが寄った。

「突如《とつじょ》現れた救世主様、ミタンニにご招待致します。お名前を伺《うかが》っても？」

ゲーテ公爵がラファト王子に手を差し出す。

ラファト王子はゲーテ公爵と握手《あくしゅ》を交《か》わしながら名乗る。

「モディ国第十三外王子ラファトと申します」

「ほぉ、モディ国の王子様でしたか。私はダナン貴族公爵位を継《つ》ぐゲーテにございます。現在ミタンニ王城を任されております」

ゲーテ公爵がラファト王子の身なりを一瞥《いちべつ》した。

「事情は体を休めた後に伺いましょう。さあ、こちらへ」

ラファト王子はミタンニ王城で一泊《いっぱく》した翌日、ハンスと元近衛隊長に話した内容をゲーテ公爵にも告げた。

モディ国が魔獣の乱獲に乗じて、魔獣をけしかけて暴走を引き起こしていること。その理由はモディ国の跡目争いにあること。そして、王子であり、沈静草をモディ国に納めなかった自分は追われるだろうことも。

間者だと告げていたハンスと元近衛隊長のことは口にせずに。

ゲーテ公爵は静かにラファト王子の話を聞いた後、大きく頷いた。

「貴殿のご尽力《じんりょく》でミタンニは『赤い瞳』の一群を退《しりぞ》かせることができました。貴殿の功績と、モディィ国の情勢や魔獣との関連等をダナンに知らせる必要がありますな」

ゲーテ公爵が伝鳥を用意するように命じる。

細長い文をしたためた後、伝鳥の管に入れた。そして、窓から空に飛ばして振り返る。

「さてと、貴殿の安全はここミタンニ王城内では保障しますが、お望みはできるだけ草原を離れることで合っていますかな？」

ラファト王子が笑みを浮かべた。

「ええ、ここではモディィ国の追っ手や刺客《しかく》が来ますから。ミタンニに迷惑《めいわく》をかけてしまいます」

ゲーテ公爵が頷く。

「ですので、自由気ままにダナンに向かいます。辿り着けるかはわかりませんが」

ミタンニが護衛を出せば、モディィ国の跡目争いに首を突《つ》っ込むことになるからだ。モディィ国からミタンニに戻るはずの民が、跡目争いに関わることで話がご破算になる可能性もある。

ゲーテ公爵は、狡猾《こうかつ》というかその辺を暗にラファト王子に示していたのだ。ミタンニを任されている者の使命だろう。

ラファト王子もそのあたりのことはわかっている。

互いにわかっていて会話を繰《く》り広《ひろ》げたのだ。

「貴殿が最後の二人まで残らんことを」

ゲーテ公爵の言葉に、ラファト王子がギョッとする。

「ここから一旦離れ、頃《ころ》合いを見て帰ってくればよろしいでしょう」

「いえ……そっちの望みは持っていません」

ゲーテ公爵は図《はか》らずも、ハンスと同じように思っているようだ。

「ハハハ、では……望む未来があらんことを」

ゲーテ公爵の言葉に、ラファト王子が目礼を返す。

ラファト王子はゲーテ公爵に見送られて、ミタンニを出ていった。


ラファト王子がハンスと元近衛隊長に再度会えたのは、ミタンニ王城が視界に捉《とら》えられなくなってからだ。

ハンスと元近衛隊長は、荷馬車を準備してラファト王子を待っていた。

元近衛らはミタンニに、ハンスと元近衛隊長はダナンにと、二手にわかれた。

「もうさ、君らなんなの？」

ラファト王子が不満げに言った。

「我らは間者ですから、表立って顔を出せないのです」

元近衛隊長が答える。

「いや、だからって、いきなり公爵だよ？」

ラファト王子が『ハァ』とため息をつく。

「慣れない丁寧語《ていねいご》で疲労困憊《ひろうこんぱい》だった」

ハンスがフォフォフォと笑う。

荷馬車の干し草の上で、ラファト王子が大の字に寝転《ねころ》ぶ。

「やっと、落ち着いて寝られそう」

「寝る前に教えてもらいたいのですが、あの沈静草や薬草はどうやって手に入れましたかな？」

ハンスは半目になっているラファト王子に訊いた。

「んー……、あれは、薬師夫婦《ふうふ》から、種……育てて、グー」

ハンスと元近衛隊長は顔を見合わせた。

「どうやら、また王妃様のご両親に助けられたようですな」

ラファト王子が魔獣の対処に迅速《じんそく》に動けたのは、そこにも理由があったのだ。

ハンスらは知らない。もうダナンにラファト王子が居ることを。

マクロンとフェリアも知らない。ダナンに向かうラファト王子が居ることを。

二人の王子が居ることを、誰も気づいていない。
どちらが本物の王子なのかも。

6 手帳

エミリオを見送って帰ってきたマクロンと一緒《いっしょ》に、フェリアは『大葉』を薬液の中に浸《ひた》す。

「何が書かれているのかしら？」

フェリアは、『大葉』を薬液の中でユラユラと揺《ゆ》らした。

「ラファト王子が盗《ぬす》んだと思っているのか？」

マクロンが直球を投げかけてくる。

「その可能性は高いと思いますわ。隠《かく》し持《も》っていましたからね。もしくは、両親がラファト王子にあげたのだとしても、本人の口から本当のことが語られるかどうかは疑問ですね。そろそろいいかも」

フェリアは、『大葉』を引き上げる。

そして、暖炉《だんろ》へ持っていき、今度は乾《かわ》かしていく。

文字がゆっくりと浮《う》かび上《あ》がる。

「……何やら、たくさん名前が記されているな。それに領名か」

マクロンが訝《いぶか》しげに『大葉』を見る。

反対にフェリアは目が点になった。

「おや、サムの名が……」

マクロンも気づいたのか、頭に手を乗せ『なるほど』と呟《つぶや》いた。

「これは、その……フェリアの婿《むこ》候補の名で間違《まちが》いはないか？」

名が羅列《られつ》している一番目にサム、一番下には、第十三王子ラファトと記されているのだ。

「お恥《は》ずかしい限りです！」

フェリアは思わず、叫《さけ》んでしまった。

マクロンが笑い出す。

「なるほど、これは確かに機密事項《じこう》だ」

「もう！　そんなに笑わないでくださいませ！」

フェリアは大きくため息をついた。

「だが、ご両親の文字だ。そして、ご両親の想《おも》いでもある」

マクロンの手が『大葉』を持つフェリアの手と重なった。

「そうですね……久しぶりに血に染まっていない文字を見ました」

両親の取引手帳は血がこびりついているからだ。

暖炉から離《はな》れ、テーブルの上に『大葉』を置いた。

文字は薬液に浸して、火であぶると浮かび上がり、時間が経《た》つとまた消えていく。

「ラファト王子の言葉を証明してしまったようなものだな」

両親がモディ国で口約束をしたということを、『大葉』は証明している。そこにラファト王子の名があるのだから。

「さて、となると……」

マクロンが考え出す。

「これが、フェリアのご両親の物であると確実になったわけだ」

『大葉』の内容からしてそうなのだろう。

「さっきも言いましたが、可能性は二つです。ラファト王子が両親から貰《もら》ったか、盗んだか。貰ったとすれば、矛盾《むじゅん》が生じます。この『大葉』をラファト王子にあげる理由が両親にはありませんわ。あげるにしても、手帳だけなら理解できますが」

この『大葉』は記録のようなものだ。両親自身が持ち歩かねば意味がない。

「ラファト王子がフェリアのご両親の目を盗み手にしたとすれば、『大葉』は単なる包み、この手帳が欲《ほ》しかったことになる」

『大葉』を大事に持ち歩く両親を、ラファト王子は勘違《かんちが》いしたのだろう。『大葉』に包まれている手帳が金になるブツなのだと。

マクロンとフェリアは手帳を開く。

「行商の薬師が持ち歩く手帳を欲《ほっ》する意味は、その手帳の内容を得たいからですわ」

「だろうな。つまり、この手帳こそラファト王子の望み」

二人はジッと手帳を見る。

「マクロン様がこの手帳を盗んだなら、次はどうします？」

フェリアはマクロンに問うた。

「そりゃあ、これの内容を確認《かくにん》する。解読したいと考える。つまり」

マクロンがフェリアに視線を向けた。

「私の両親からなんとか盗んだはいいものの、中は解読不能な奇妙《きみょう》な文字だった。旅の行商人で身元がわからない。悔《くや》しかったと思いますわ。そして、月日は流れ、カルシュフォンの一件で身元がわかる。時を同じくして、跡目《あとめ》争いが宣言される。これ幸いにと、モディ王の親書を利用して……王妃《おうひ》に会わせろと要望する。その理由は？」

フェリアはマクロンにあえて疑問を投げかけた。

「この奇妙な文字がわかるのは、薬師夫婦《ふうふ》の娘《むすめ》、ダナン王妃だ」

ストンと落ちるとは、こういう感覚なのだとフェリアは納得《なっとく》した。

「ラファト王子がなぜ私にこだわるのかが判明しましたわ」

「ああ、あの王子は途中《とちゅう》からおかしかった。一手、二手とあれほど狡猾《こうかつ》だったにもかかわらず、帰国を促《うなが》すと亡命を口にし、魔獣《まじゅう》暴走の知らせが来るや否《いな》や、モディ国の事情を明かして、助けてほしいと懇願《こんがん》してきたからな」

マクロンもラファト王子に違和感《いわかん》を持っていたのだ。

「亡命を望むなら、私にではなくマクロン様に訴《うった》えるものですから。ラファト王子の今までの言動は矛盾していました。それはきっと、この手帳が理由でしょう」

ラファト王子はなんとしても、ダナンに否フェリアの近くに留《とど》まりたかった。手帳を解読するために。

「私を『面』だけで落としたかったけれど、思うようにいかない。交渉《こうしょう》材料のミタンニの民《たみ》も両親の話も外された。だけど、手帳のことは口にしたくない。帰国を促され、ダナンに留まるために亡命を口にした。ラファト王子は、モディ王の望みを意図して口にしなかったとわかるわ」

「ああ、そうだな。沈静草《ちんせい》が欲しいと申し出れば、すぐにモディ国に帰国することになる。だが、ラファト王子には手帳を解読したい望みがあったから、あえて、交渉を長引かせようとした。……八十八回もフェリアに会うことを望んだのは、手帳を解読する手がかりを得るためだろう」

わかってしまえば、ラファト王子の言動の意味がハッキリと見えてきた。

「『カロディアで匿《かくま》ってくれ』とは、私が駄目《だめ》なら両親の屋敷《やしき》があるカロディアで、手がかりを得るためでしょうね」

「跡目争いから助かりたいなら、ダナン王城の方が安全だ。……もしくはフーガの方が鉄《てっ》壁《ぺき》の防御《ぼうぎょ》態勢で、追っ手や刺客《しかく》が入ることは不可能だろう。あのカロディア発言が一番引っかかっていた」

ラファト王子はボロを出したのだ。

それを、マクロンとフェリアが気づいているとは思っていまい。

フェリアは、ラファト王子に慈愛《じあい》の眼差《まなざ》しで去ったのだから。

「……考えてもみれば、沈静草を納めずとも遠方のダナンにいるのだから、跡目争いから現状最も離れていることになる。ラファト王子に追っ手が向けられるなら、それは跡目争いの佳境《かきょう》を意味するだろう。ダナンで悠々自適《ゆうゆうじてき》に過ごした後に、草原に戻《もど》って一戦交えて勝てば王になる」

草原から遠く離れたダナンに居る限り、早々に命の危機はないはずだ。

「ええ、その通りですわね。あの『面』の下に野心を隠していても不思議ではありませんもの」

「泳がすか、いや」

マクロンが一旦《いったん》、言葉を止めてからまた口を開く。

「……沈静草と一緒に草原に送り返しても構わんがな」

マクロンがフェリアに『どうする?』と問う。

「私、泳ぐ者の観察記録は得意でしてよ」

フェリアはことさら得意げに言ったのだった。


翌日、二日ぶりにラファト王子は目覚めることになった。

スーヤスヤと安眠《あんみん》するラファト王子をバロン公《こう》が覗《のぞ》き込む。

「健康的な寝顔《ねがお》ですわね」

フェリアがクスッと笑う。

「ええ、なんら体には異常はありません。心に一点のシミがある程度でしょうか？」

バロン公がマクロンとフェリアを見る。

「ああ、そのシミを確認したい。手はず通り、上手《うま》く誘導《ゆうどう》してもらえるか？」

マクロンの言葉に、バロン公が頷《うなず》く。

マクロンはバロン公に『頼《たの》む』と告げ、フェリアと一緒に退室した。

マクロンとフェリアは廊下《ろうか》で聞き耳を立てる。

バロン公が、ラファト王子の鼻先に『目覚めの花』を当てた。

「ん、んう……ん？」

ラファト王子の瞼《まぶた》が上がる。

ボーッと天井《てんじょう》を眺《なが》めていた視線が、横に移る。

そこに居るのは、バロン公である。

「あれ?」

「かなりの心痛だったのでしょう。丸二日ほど眠《ねむ》っておられましたよ」

バロン公が、ラファト王子の手を取り脈の確認をしている。

ラファト王子が勢い良く起き上がった。

「な、ど、え、ちょっと、どういう」

今の状況《じょうきょう》が理解しがたいのか、言葉になっていない。

「水をお持ちしましょう」

バロン公が離れると、ラファト王子はすぐに懐《ふところ》を確認した。隠し持っているブツがあると確認できホッとする。

泳がすために、『大葉』に包まれた手帳は、ラファト王子の懐に戻しておいたのだ。

「ここはどこですか?」

「王妃宮7番邸《てい》、ダナン王直轄《ちょっかつ》薬事官部、その一室です。宿で気を失ったラファト王子を心配したダナン王様と王妃様のご配慮《はいりょ》で、ここを使わせていただいております」

ラファト王子が再度部屋を見回す。

「私のことは覚えておいでか？」

バロン公が水を差し出しながら言った。

ラファト王子の視線がやっとバロン公に向く。

「あ、確か、アルファルドの王弟様と」

「ええ、そうです。医術の習得のため、カロディアで学んでいたのですが、魔獣の乱獲《らんかく》の情報を受け、師匠《ししょう》と共に沈静草を運んできたのです」

ラファト王子がカロディアの名に反応したのか、バロン公を見つめる。

「……カロディアで学ぶ。それは良いですね。『面』しか取《と》り柄《え》のない私でも学んで知識を得れば、何かの役に立てるかもしれません」

ラファト王子の顔が輝《かがや》き出す。

「医術を学ぶなら、アルファルドの方が良いでしょう。それに、あなたの状態はアルファルドで『診《み》た』方が確実かと思います。私があなたの身の安全を保障しますから、アルファルドにご招待しましょう」

「え？　いや、それは……」

ラファト王子が焦《あせ》り出す。

「アルファルドでは、草原に近すぎます。私の安全のために、貴殿《きでん》にご迷惑《めいわく》はかけられません。それに、アルファルドが跡目争い中の王子を保護しているとなれば……モディとしては貴国が跡目争いに首を突《つ》っ込んだと思われかねません」

ラファト王子が気持ちの表れだろうか、早口で返した。

やはり、目的はここダナンに居ることなのだろう。手帳の解読をするために。

「それは、ダナンにも言えることでしょう」

「確かに、そうですが……ダナン王妃様のご両親とのことがありますからね。元婚約者《こんやくしゃ》に少しばかり心を砕《くだ》いてくれると信じていますので」

婚約を反故《ほご》にされた哀《あわ》れな王子なのだから、ダナンが助ける義務があるとでも言いたそうだ。

そこで、マクロンとフェリアは頷き合い、部屋に入っていく。

「失礼する」

ラファト王子の視線がマクロンへ向く。

「やっと、目覚められたか」

「はい。ご心配をおかけしました」

フェリアが前に出る。

「いえ、まだ心配ですわ。突然《とつぜん》意識を失うなんて奇妙ではありませんこと、バロン公」

「そうです。ですから、安全を保障し、アルファルドで診たいと申しましたが、迷惑だろうからと、ラファト王子は謙虚《けんきょ》にも固辞しまして」

フェリアは『まあ』と口元に手を当て、チラリとラファト王子を見る。

その瞬間《しゅんかん》をラファト王子は逃《のが》さない。

フェリアに助けを求めるように口を開く。

「カロディアで診ていただけませんか？」

フェリアの視線がバロン公と重なる。

「バロン公の診断《しんだん》は？」

「そうですね……」

バロン公がラファト王子を触診《しょくしん》する。

小難しい表情に変わっていき、小声で『やはり……危険かも』と呟く。

ラファト王子がそれを聞き逃すはずはない。聞こえるように言ったのだから。

「ご本人の自覚症状《しょうじょうしょう》がない病はあるものよね」

フェリアもバロン公の演技に乗った。

ラファト王子の額に冷《ひ》や汗《あせ》が流れ始める。

「まあ！　顔色が悪くなっているわ」

フェリアはそこで控《ひか》えているゾッドに目配せし、紙を貰う。

サラサラと適当に奇妙な感じで書いて、バロン公に渡《わた》した。

ラファト王子の視線がその紙に釘付《くぎづ》けになる。

「なるほど、わかりました」

答えたバロン公を、ラファト王子は穴が開くほど見つめる。

きっと、内心では『その文字をこの男も読めるのか⁉』と思っていそうだ。

「えーっと、これで間違いはありませんか？」

バロン公が、フェリアの紙にまたまた適当に書いていく。あの手帳の奇妙な文字のようなものを。

「ああー、それは間違えていますわ」

フェリアは、バロン公の適当書きに、これまた適当に書き加えた。

「いや、なかなか覚えが悪く申し訳ありません」

「仕方がないわ。カロディアしか使っていないから」

「もう少し、カロディアでの学びが必要ですな。ラファト王子を連れていきたいことはやまやまなのですが……」

ラファト王子が身を乗り出して、顔を輝かせた。思い通り、カロディア行きが話にあがったからだ。

バロン公の言葉に乗らぬ手はないと考えてか、ラファト王子の口が開く。

だが、ラファト王子が言葉を発する前に、マクロンが一手披露《ひろう》する。

「モディ国には、ラファト王子危篤《きとく》とでも伝えるか？」

ラファト王子がバッと顔をマクロンに向けた。

「『亡命』……いい言葉だな。亡《な》くなる命、病で幾《いく》ばくもないなら、モディ国も信じるのではないか？」

ラファト王子は、マクロンの言葉をどう捉《とら》えていいか、心臓がバクバクと音を立てていることだろう。

本当に病気なのか、危篤としてモディ国を欺《あざむ》いてくれるのか。マクロンとフェリア、バロン公の会話からは、ハッキリとわからない。

「ところで王妃様、これはカロディアにありましょうか？」

バロン公がまた紙に書く。

「……それは、備蓄《びちく》していないと思うわ。カロディアを医術国アルファルドと一緒にされても困るわよ。王城にはもちろんあるけれど」

遠回しに、ラファト王子を治療《ちりょう》するなんらかの薬は、カロディアに備蓄していないと伝えているのだ。もちろん、誘導会話であるが。

「お、お願いします！　このままここで、バロン公に診ていただきたい！」

ラファト王子が叫んだ。

その瞳《ひとみ》は必死そのものだ。

「王妃様がよろしければ」

バロン公がフェリアを見る。

「王様がよろしければ」

フェリアはマクロンを見る。

「バロン公に任せよう」

マクロンは言いながら、ラファト王子を見る。

ホッとしたのか、ラファト王子の体は脱力《だつりょく》していた。


五日後、ミタンニから伝鳥が飛来する。

「一群、見事に退け、次群に備えているとのこと！」

細い文を掲《かか》げながら、役人が興奮気味にやってくる。

マクロンとフェリアは、ゲーテ公爵《こうしゃく》からの伝鳥の文に目を通す。

『一群退け次群に備え中。モディ国王子より沈静草の提供あり。モディ国が魔獣暴走に関連、跡目争い中。モディ国王子ダナンに向けて出発済。詳細《しょうさい》早馬にて』

伝鳥の細い文では、二行が限界だ。

一文目は理解できる。

問題は二文目からだ。

「モディ国の王子？」

マクロンとフェリアは顔を見合わせた。

「モディ国か……跡目争いが始まっていることと、魔獣をけしかけていることの情報を得たのかもしれないな」

ダナンより、ミタンニの方が草原に近いのだ。マクロンがそう考えるのも頷ける。

「ですが、モディ国の王子から沈静草の提供とはおかしいですね。沈静草を欲しているはずのモディ国ですのに」

フェリアは考え込む。

「なぜ、ダナンに向かっているのかしら？　跡目争い中だから……ラファト王子を追って？」

「また、ややこしくなってきているな。早馬の到着《とうちゃく》は……二、三日後になるか」

伝鳥の時差を考えれば妥当《だとう》だろう。

「失礼します」

ビンズが足早に入ってくる。

「ラルラ国のリシャ姫《ひめ》が急ぎ面会したいと」

カロディアに知らせを出して、すぐに王都に舞《ま》い戻ってきたのだ。

マクロンはビンズに頷く。

「リシャ姫様、どうぞ」

リシャ姫が勢い良く入ってくる。

「ラルラにも魔獣が迫《せま》るかもしれませんので、急ぎ帰国したいのですが、ご支援《しえん》を願いたく！」

ラルラ国は、カルシュフォンから被《こうむ》った疫病《えきびょう》に続き、モディ国のせいで魔獣にも頭を悩《なや》ませている。ラルラ国は雪山を挟《はさ》んだ先が草原の地になるからだ。

魔獣が雪山を越《こ》えてくるかもしれないと、リシャ姫は危惧《きぐ》しているのだろう。

「すでにカロディアの使者が、沈静草を持参して向かっているわ。それに、ラルラ国付近での魔獣暴走の知らせはないから、落ち着いてリシャ姫」

リシャ姫がホッと息を吐《は》く。それでも顔を上げ、帰国の意思を告げた。

マクロンは少し考えてから口を開く。

「いや、妃選《きさき》び中でもそうであったが、ラルラ王はリシャ姫を避難《ひなん》させたのだと思う、ダナンに」

「あ……」

マクロンの言葉にリシャ姫が声を漏《も》らす。

「疫病から逃すため、魔獣の接近から逃すため。私は、また今回も役立たずになってしまうわ」

リシャ姫が項垂《うなだ》れる。

「ミタンニを救ってくれてありがとう、リシャ姫」

フェリアは、リシャ姫に近づき手を取った。

「あなたが、ダナンに魔獣乱獲の件を早く知らせてくれたおかげで、魔獣を迎《むか》え撃《う》つ構えができたの。ミタンニには魔獣暴走の一群がすでに襲来《しゅうらい》したわ」

何も知らされず、魔獣が到来《とうらい》していたら、確実に人的被害《ひがい》が出ていた。ミタンニは城外で、開発や開墾《かいこん》を広げているからだ。

「まあ！　なんてこと！」

焦るリシャ姫にフェリアは穏《おだ》やかに微笑《ほほえ》む。

「一群はすでに対処できて、今は次群に備えているとミタンニから連絡《れんらく》があったところなの。これも、リシャ姫が魔獣の異変を知らせてくれたおかげだわ。役に立っていないなんて言わないで」

リシャ姫がグッと涙《なみだ》を堪《こら》えている。その顔は新たな意思を持っているようだ。

「そうでした、私は父からカロディア領主リカッロ様のお役に立つように命じられましたのに！」

フェリアは『ん？』と何やらおかしな方向に話が進んでいるかもと、リシャ姫を窺《うかが》う。

「ええ、そうでしたわ！　魔獣図鑑《ずかん》の編纂《へんさん》、リカッロ様がお忙《いそが》しくて手がつけられていないお仕事。そして、ラルラ国にも、多くの国にも必要なもの！　私にお任せくださいませ。そのために、魔獣一撃《いちげき》を習得致《いた》しましたし、妻に迎えてもらえるように芋煮《いもに》も作れるようになりましたのに」

思い立ったが一直線、リシャ姫が闘志《とうし》を燃やしている。

マクロンとフェリアは、若干《じゃっかん》引いているが。

「え、ええ、そうね。えーっと」

フェリアは何から突っ込んだらいいものやらと思いながら、目を泳がせた。

扉《とびら》の向こうにリカッロがポカンと口を開けて立っているのが見える。リシャ姫と一緒に来たのだろう。

フェリアの視線にリカッロが気づき、首を小刻みに横に振《ふ》っている。

「リカッロ」

だが、マクロンがリカッロを呼んだ。

「は！」

リカッロが、ズンズンと入ってくる。流石《さすが》に、マクロンには首を横には振れないからだ。

リシャ姫がパッと顔を輝かせ、リカッロの隣《となり》に並んだ。

リカッロは『ウッ』と喉《のど》を鳴らしながらも、リシャ姫の横で構えている。

「ダナンで、魔獣暴走の指揮を任せる。魔獣の動向は、各国から知らせが入ろう。間違った対策をしないように、指揮してくれ。情報が錯綜《さくそう》し、混乱する可能性もあろう。リシャ姫を補佐に」

リシャ姫とリカッロは『かしこまりました』と頭を下げた。

「7番邸には現在珍客《ちんきゃく》がいるが、バロン公が対応してくれている。何か困ったことがあれば、すぐに知らせてくれ」

リシャ姫とリカッロが首を傾《かし》げた。

ラファト王子にとって、あの奇妙な文字を知っているだろうカロディア領主リカッロとバロン公が二人揃《そろ》うことになる。

7番邸に、ある意味厄介《やっかい》事が集約されたのだ。

観察記録も容易だろう。

7番邸で目を覚ましてから、ラファト王子は奇妙な文字を解読すべくバロン公を誘導しようと試みているようだが、一向に成果は得られていない。当たり前だ、誰《だれ》もあの奇妙な文字の意味がわかっていないのだから。

反対に、バロン公の誘導により、ラファト王子の方にボロが出そうになることも度々《たびたび》だと、バロン公が報告してくる。

ラファト王子は、リカッロにも擦《す》り寄《よ》ろうとするが、リシャ姫がいつも付き従っていて、隙《すき》がないのか入り込めず、焦っているようにも見える。

それをまたバロン公が『心脈に異変が』とやるものだから、ラファト王子は寝具《しんぐ》に戻されるのだ。

そして、リカッロが集約される魔獣の情報を元に的確な指示をしたことで、フェリアの幼なじみらが運んでいる沈静草が有効に使われているようだ。

補給村にも薬事官を手配し、ミタンニ復国の準備も同時に進めている。

リシャ姫はリカッロの補佐をしながら、魔獣の絵を描《えが》いている。誰もが認める素晴《すば》らしい画力で、フェリアは少々、いやだいぶ拗《す》ねている。魔獣図鑑は、自分がしたい仕事だったからだ。

フェリアは、31番邸で沈静草や『秘花』をどこで育成させるか検討を始めていた。

「うぎゃぁぁぁ！　フェリア様ぁぁぁ！」

とんでもない快走で、ネルが王妃宮を走っている。

配備騎士《きし》が何事かと、ネルの快走を呆気《あっけ》に取られながら見ている。

「フェリア様ぁぁぁ！」

ネルは1番邸の門扉《もんぴ》から大声でフェリアを呼び、居ないとなると次の邸《やしき》へと快走をする。

それが繰《く》り返《かえ》され、やっとネルは31番邸にやってきた。

もう、息も切れ切れ、頭もボサボサで、フェリアはガロンを思い出してしまった。

「どうしたの、ネル？」

ネルの頭を撫《な》でながら、フェリアは問うた。

ネルがケイトの持ってきたお茶をグビッと飲み干して、プハァと息を吐く。

「な、な、な、なんと！」

ネルはまだ興奮しているようだ。

「うん、どうしたの？」

ネルの目がクワッと開く。

「『ノア』が復活しましたぁぁぁ！」

　というわけで、フェリアも興奮気味にネルの報告を聞く。

「不育となった『ノア』の畝《うね》を整備したのですが、『ノア』を処分するのに後《うし》ろ髪《がみ》を引か

れ、25番邸の『ノア』の所に全部まとめておりました。落ち込む私に、騎士の皆《みな》さんがお酒を差し入れてくれて、無残な姿になった『ノア』をお供に一晩過ごしたのです。『ノア』と別れ酒のつもりで」

つまり、やけ酒を『ノア』を相棒に飲んだということだ。

「私、たぶん……『ノア』を人に見立て、バンバンと叩《たた》きながら『お前ら、そんなにしょげてどうするんだ』とかなんとか言っていたと、配備騎士の方が教えてくれまして」

ネルが照れくさそうに言った。

まあ、『ノア』を相手にくだを巻いていたのだろう。

「ぐでんぐでんで酔《よ》い潰《つぶ》れた私を気遣《きづか》って、配備騎士の方が一晩中火に薪《まき》をくべてくれたようで、お世話になってしまいました」

ネルが今度は顔を両手で覆《おお》う。

「お恥ずかしいですわ。あの騎士の方に、お礼をしなきゃ駄目ですよね!?」

いや、聞きたいのはそんなことじゃない、とフェリアは思うが頷いた。

「それで、復活とは?」

「あっ、はい！　引《ひ》っこ抜《ぬ》かれたり、人に踏《ふ》まれたり、叩かれたり、熱波を浴びせられたりした『ノア』が、な、な、なんと、力強く太陽に向かって伸《の》びていたのです！」

「本当に!?」

「本当に、本当なのです！」

フェリアは、そこでハッとして31番邸の『ノア』を見た。いや、過去の『ノア』の映像がフェリアの脳裏《のうり》を過《よぎ》る。

妃選び中の『ノア』……芽が出てから、荒事《あらごと》が起こり邸内《ていない》は踏み荒《あ》らされ、邸宅《ていたく》は火で焼けた。

思いがけず、昨年と今年の条件が揃ったのだ。

「見に行くわ！」

フェリアは、ネルと一緒に25番邸に赴《おもむ》く。

力強くピンと伸びる『ノア』の茎《くき》に、フェリアは感激のあまり言葉も出ない。

「王妃様、これは奇跡《きせき》でしょうか？　それとも夢でしょうか？」

ネルが両手を組んで、天に祈《いの》っている。

「……いいえ、『ノア』は雑草のような植物だったのね。厳しい環境下《かんきょうか》でこそ強く育つ植物だったのよ！　反対に言えば、大事に世話をすると、弱くなり育たない。ネル、あなたが『ノア』に厳しく叱咤激励《しったげきれい》したから、『ノア』は強く復活したのだわ。そして、騎士の熱い気遣いも必要だった」

踏まれるだけでは駄目なのだ。25番邸の『ノア』は踏みつけられても復活しなかった。つまり、熱が『ノア』の育ちを促進《そくしん》させる。

「そういえば、芽吹《めぶ》いた『ノア』の邸は人の往来が多い邸ですね」

ネルが気づく。

「1番邸、11番邸、31番邸は確かに人の出入りが激しいわ」

1番邸は迎賓館《げいひんかん》で、使用頻度《ひんど》も騎士の往来もある。11番邸は事業部があり、多くの者が行《い》き交《か》っている。31番邸は言わずもがな騎士の溜《た》まり場《ば》である。『ノア』の畑は踏まれていてもおかしくはない。

気づいてはいないが、10番邸、25番邸にも同じような条件があるのだろう。

「15番邸も人の出入りはあるけれど、あの邸は薔薇《ばら》咲《さ》き誇《ほこ》る庭園で、皆が間違って植物を踏まないように注意するわ。だから、『ノア』の畝は踏まれなかった」

フェリアはだんだん冴《さ》えてくる。

「つまり、『ノア』の発芽にも雑草が生えるが如《ごと》く、厳しい環境《かんきょう》の方がいいのね。考えてもみれば、昨年の31番邸は常に過酷《かこく》な環境だったわ」

「ネル、31番邸の『ノア』も不育気味よ」

妃選びから婚姻式《こんいんしき》まで、あらゆる場面で31番邸は現場になることが多かったのだから。

31番邸に戻ってきたフェリアとネルは頷き合った。

「ネル、わかるわね？」

「はい！　王妃様」

フェリアとネルは意を決して、『ノア』を踏みつけた。

そして、固唾《かたず》を呑《の》んで見守るお側騎士《そばきし》に目配せする。

「わかるわね？」

「はっ！」

その日、31番邸は一晩中灯《ひ》が灯《とも》っていた。

7 解読

マクロンとフェリアはその報告に困惑《こんわく》を隠《かく》せない。

早馬騎士《きし》が携《たずさ》えたゲーテ公爵《こうしゃく》からの文に、モディ国第十三王子ラファトより、沈静草《ちんせい》の提供があったことが記されていたからだ。

「どういうことだ？」

マクロンは思わず、声に出ていた。

ゲーテ公爵からの文を再度読み返す。

＊＊＊
ご報告致《いた》します。

例え一頭しか狩《か》れないとしても、ここミタンニでできる限り多くの魔獣《まじゅう》を足止めすべく群れを待ち構えておりました。

『赤い瞳《ひとみ》』の群れと同時に、背負子《しょいこ》を背負ったモディ国第十三王子ラファト様が颯爽《さっそう》と現れたのです。

背負子から取り出した沈静草を水瓶《みずがめ》に潜《くぐ》らせ、それを使って『赤い瞳』の群れを落ち着かせました。

それから、魔獣の好物の薬草で棲《す》みかへ誘導《ゆうどう》したのです。

そうして、モディ国第十三王子ラファト様の指揮の下、魔獣一群を退《しりぞ》かせることに成功しました。

沈静草の回収方法や、次群への対処方法もご教授くださり、すでに備えは済んでおります。

モディ国第十三王子ラファト様からの情報ですが、現在モディ国では次代の王を決める跡目《あとめ》争いが起こっているとのこと。

モディ国は、跡目争いの隙《すき》を狙《ねら》われぬように、魔獣の乱獲《らんかく》に乗じて、魔獣をけしかけて暴走させているようです。

モディ国第十三王子ラファト様は、国に納める沈静草をミタンニに提供くださいました。

本来なら、手厚く身の安全を保障したいところではありますが、身柄《みがら》を保護すれば、他国の跡目争いに、首を突《つ》っ込むことになります。他国内政への干渉《かんしょう》に捉《とら》えられかねません。

よって、ミタンニを任された者としては、ただ送り出すだけしかできませんでした。

ですが、ペレ殿《どの》が子飼いの配下二名を内密につけたようです。

ダナンまで辿《たど》り着《つ》けましたら、どうか手厚く保護していただきたく願います。

王様と王妃《おうひ》様でしたら、『なんとかしていただけるもの』とゲーテは信じて疑いません。

では——

ゲーテ公爵

＊＊＊

マクロンとフェリアは顔を見合わせる。

「どういうことでしょう？」

フェリアが先ほどのマクロンと同じ問いを口にする。

「……モディ国の王子が二人。同じ名の王子が」

マクロンは腕組《うでぐ》みした。

「何か、やっぱりややこしくなってきましたわね」

「ゲーテが名を間違《まちが》えたか……その王子が名を騙《かた》ったのか」

ダナンにいるラファト王子は、モディ王の親書を携えた入国であるからだ。そうなると、ミタンニからダナンに向かっている王子が、名を偽《いつわ》ったのだと考えられた。

「跡目争い中ですから、裏に何か事情があるかもしれませんわね」

「まあな。それでも、ミタンニを救ってくれた恩がある。ゲーテが『なんとかしていただけるもの』と思わせるほどの人物なのだろう」

　つまり、なんとかしてほしい、とゲーテ公爵は文にしたためたのだ。

「到着《とうちゃく》を待つべきだな。……ペレの子飼いの配下二名が警護か」

　マクロンの頭に思《おも》い浮《う》かんだのは、ハンスである。

　ゲーテ公爵が指摘《してき》したように、ミタンニが警護を出すことはできない。ミタンニでゲーテ公爵の補佐的役割をしているペレが、請《う》け負《お》ったのだろう。

　そうなると、動ける者はハンスになる。ハンスと元近衛《このえ》隊長、元近衛らは、カルシュフォンの一件同様に、ミタンニ周辺で間者のような働きをしているからだ。

「久しぶりに会われますか？」

　フェリアが微笑《ほほえ》んだ。

　口にしなくとも、ハンスだとわかっているのだ。

「フォレット家で会った以来になるか」

　マクロンも微笑む。

　フェリアの両親の死に関わっていたことを明かし、ペレの役目を終え、ハンスとなってマクロンの元から去った日。

　あの日以来、ハンスがマクロンの前に現れたことはない。

　数日後、思わぬ面会になろうとは、この時のマクロンとフェリアには知るよしもなかった。


　王妃宮は常に現場になる。

　早馬到着から一週間ほど経《た》った深夜、血まみれのハンスと元近衛隊長が31番邸《てい》で横たわっていた。

　マクロンとフェリアは急ぎ31番邸に向かう。

「ハンス様は意識がありません。元近衛隊長も同じく重傷です。それから、初見の者が一名。こちらも深手を負っていますが、意識は辛《かろ》うじてあります」

　ゾッドが早口で報告する。

「もっと早く井戸の異変に気づけば良かったのですが」

『ノア』の件で、25番邸と31番邸にはお側騎士《そばきし》と王妃近衛が当直制で詰《つ》めている。ちょうど、ゾッドが見回りで31番邸を覗《のぞ》いた時に、井戸の異変に気づいたのだ。

「いえ、ゾッドだから気づけたのだわ」

　お側騎士は今までの経験から、31番邸の井戸を確認《かくにん》する癖《くせ》がついていた。

「ああ、ゾッドが見回らなければ気づかれないままだったかもしれない」

マクロンが言った。

「急ぎましょう、マクロン様」

「ああ、走れるか？」

マクロンが訊《き》いた瞬間《しゅんかん》に、フェリアは駆《か》け出《だ》していた。

目にして瞬時《しゅんじ》に、フェリアは『ノア』を取り出し、ハンスと元近衛隊長の口に含《ふく》ませていた。喉《のど》を通るのを確認すると、『ククの丸薬』も口に入れて手で押さえた。

それから、その横で青白い顔をした初見の男を診《み》るように、ローラへ指示を出す。

ハンスを一瞥《いちべつ》したフェリアは、元近衛隊長の処置に向かう。

「お、う……さ」

元近衛隊長がマクロンを呼んだのだろう。

「無理をするな！」

「いえ、へい……きですっ。ウッ」

「止血まで黙《だま》っていなさい！」

フェリアが元近衛隊長の傷口を圧迫《あっぱく》し、応急の止血処置を始めた。

フェリアの瞳には涙《なみだ》が溜《た》まっている。

「フェリア、ハンスは？」

マクロンが厳しい顔つきで問う。きっとフェリアの涙の意味をわかっているのだろう。

「助ける命には順番がありますからっ！」

ハンスには『ノア』と『ククの丸薬』を含ませる以外に手は打てないと判断して、フェリアは元近衛隊長に尽力《じんりょく》しているのだ。

マクロンは、フェリアの肩《かた》に手を置いてから、ハンスの元に腰《こし》を下ろした。

「ハンス、聞こえているか？」

マクロンの瞳にも涙の膜《まく》が張る。

ハンスの喉が『ゴフッ』と嘔吐《えず》き、『ククの丸薬』が吐《は》き出された。

「ハンス！」

マクロンは新たな『ククの丸薬』を手に取ったが、その手をハンスが止めていた。

「ハンス、ハンス！」

「何を……そんなに、騒《さわ》がれて……おら、れるのやら。お、う様とも、あろう方が」

「フェリア！　ハンスの意識が戻《もど》った。診てくれ！」

マクロンはフェリアを呼ぶ。

フェリアはマクロンの声が聞こえているだろうが、元近衛隊長から離《はな》れはしなかった。

「王妃、さ、まの方が、わかって……おられる。フォフォ、フォ」

「ハンス……」

マクロンはハンスの手を取った。

「どうした、珍《めずら》しいな。お前が手に防御傷《ぼうぎょ》をつけるとは」

マクロンは泣き笑いの表情で言った。

「守りたい、御方《おかた》でした、から……。王妃、様のご両親も、あの御方を守ったの、ですぞ」

ハンスの瞳が初見の男に向く。

「誰《だれ》だ？」

マクロンは問うた。

「モディ国、第十三外王子ラファト様。王妃様の、ご両親が……婿《むこ》に、望んだ御方」

マクロンもラファト王子を見る。

7番邸滞在《たいざい》中のラファト王子と同じように、長髪《ちょうはつ》を頭の上で、銀細工の髪《かみ》留めで括《くく》っている。だが、服装は王子とは言えないほどにみすぼらしい。

「ああ、ちゃんと、お話ししたいのに……目が霞《かす》んで、王様のご尊顔も……見られなくなって、きましたな」

「ハンス、老眼だ。ちゃんと見えるようになる」

「フォ、フォフォ、ゴフッ」

今度は『ノア』も吐き出された。

「頼《たの》む、まだ逝《い》ってくれるな‼」

「マクロン様！　退いて！」

元近衛隊長の処置を終えたフェリアがハンスの横に膝《ひざ》をつく。

「ハンス、聞こえているわね」

ハンスがその瞬間、ゆっくり瞼《まぶた》を落としていく。

「ハンス！」

マクロンがハンスを懸命《けんめい》に呼ぶ。

「聞こえているのね、ハンス。医術を反転させるわ。本来なら、『眠《ねむ》りの花』『処置』『ノア』『クコの丸薬』『目覚めの花』が順当の治療《ちりょう》になるけれど、永眠《えいみん》を待つぐらいなら、この体私がいただくわ！」

「フェリア、何を言っている⁉」

「『目覚めの花』で強制的に瀕死《ひんし》の体を覚醒《かくせい》させる。『クコの丸薬』で急速に強壮《きょうそう》を与《あた》える。『ノア』で内臓を復活させる。深手の『処置』をしてから『眠りの花』を使う。……どう転ぶのか、好転するか、悪転するかは試《ため》してみなきゃわからないけれど、このまま何もできないよりかは」

安眠《あんみん》となるか永眠となるか。それは、フェリアもわからない。

マクロンは決して視線をずらさないフェリアに小さく頷《うなず》いた。

ハンスと元近衛隊長、ラファト王子は、31番邸内《ていない》に寝《ね》かせられた。

邸内には、マクロンとフェリア、お側騎士と女性騎士のローラとベル、ビンズとマーカスがいる。

リカッロやバロン公《こう》にもここ31番邸で手助けしてもらいたかったが、異変が周囲に漏《も》れぬように二人は通常の態勢のまま7番邸にいる。眉目秀麗《びもくしゅうれい》、狡猾《こうかつ》なラファト王子に、嗅《か》ぎつけられてはならないからだ。

「父上」

マーカスがハンスの顔を見ながら呟《つぶや》いた。

「父のこんなに穏《おだ》やかな寝顔《ねがお》は初めてです。……いえ、寝顔を拝見すること自体初めてでした」

マーカスがマクロンとフェリアに深々と頭を下げた。

「あとは、私が見ておりますので」

フェリアがハンスの脈を確認する。

「落ち着いてはいる。けれど、初めて行う治療だったから、まだどうなるかわからないわ」

「はい、王妃様。父もきっと目覚めを楽しみにしておりましょう。あっちで目覚めて先王様と会しても、こっちで目覚めて王様と目が合っても。どちらも父にとって喜ばしいはずですから」

マーカスが笑った。

「フッ、確かにな」

マクロンも笑《え》みが漏れる。

「フェリア、……あとで『我』を叱《しか》り飛《と》ばしてくれ。それから『私』を……」

フェリアがマクロンの手を包む。

「一人で背負わないでくださいね。私も重責を背負ったりはしないわ。どんなことも、得ていくことだから。生も死も、得ていくことですわ」

「ああ」

マクロンはフェリアの胸に顔を埋《うず》めた。

フェリアはマクロンの頭を撫《な》でる。

「私もサムを置き去りにした後、同じでしたわ。リカッロ兄さんに胸を借り、ガロン兄さんには背中を借りました」

「ありがとう、フェリア。もう、落ち着いた」

マクロンが顔を上げる。

すでに王としての顔つきに戻っていた。

「すまぬな、皆《みな》。待たせた」

同志らが笑顔《えがお》で頷いた。


数刻経った翌朝、31番邸のラファト王子が目覚める。

深手を負っていたが、命に別状はなかった。

「さて、状況《じょうきょう》を説明してくれまいか」

マクロンの問いに、ベッドで体を起こしたラファト王子が頷く。

「モディ国第十三外王子ラファトと申します」

ラファト王子が深く頭を下げた。

「元倉庫番ハンス様と、元近衛隊長様のお命を危険にさらしたことをお詫《わ》び致します」

「身元を明かしていたのか」

マクロンはまだ眠っている二人を一瞥した。

「我が名はマクロン、ダナン王である」

マクロンはラファト王子に名乗った。

「はい！　本当に、本当に……申し訳ありませんでした」

ラファト王子は、マクロンが名乗らずともわかっていたのだろう。

「謝罪は必要ない。こうなった経緯《けいい》を教えてくれ」

ラファト王子が今までの経緯を詳細《しょうさい》に告げていく。

「……そうして、セナーダとの国境を越《こ》えダナンに入りました。少しばかり気が抜《ぬ》けていたのかもしれません」

ラファト王子が悔《くや》しげに表情を歪《ゆが》める。

「国境を越えてすぐに、背後を突かれました。ハンス様が咄嗟《とっさ》に身を挺《てい》して私を守ってくれ……」

ハンスの深手は、ラファト王子を守ったからのようだ。

「狙われるのは、常に私です。元々私の配下だった五名と、その他にも五名、全部で十名の者に国境付近で襲撃《しゅうげき》されたのです」

今までの状況から、その十名が7番邸にいるラファト王子の配下であろうことは予想できた。

7番邸のラファト王子から去った十名は、第四騎士隊の捜索虚《そうさくむな》しくダナンから姿を消していたのだ。隣国《りんごく》セナーダに渡《わた》っていたのだろう。騎士隊は越境《えっきょう》できない。

「ビンズ、アルカディウス王と連絡《れんらく》を」

ビンズが軽く会釈《えしゃく》して出ていった。

越境の許可を貰《もら》い、配下の捕獲《ほかく》に向かうために。

「『介錯《かいしゃく》を！』と叫《さけ》んだのに、二人とも私を庇《かば》って……。もう良かったのに。満足だったのに」

ラファト王子が声を震《ふる》わせた。

命辛々《いのちからがら》逃《に》げて、王都郊外《こうがい》の森に身を潜《ひそ》めていたという。追っ手をまいたのを確認し、井戸に通じる隠し通路を使ったが、這《は》い出る力も、声を発することもできずにいたようだ。

ゾッドが気づかなければ、ラファト王子とて、危なかったかもしれない。

それほど、三人の状態は酷《ひど》かった。

「ハンスと元近衛隊長が守り抜いた命だ。勝手に満足してくれるな。皆が満足を得なければならない。ハンスがあなたを『王妃様のご両親が婿に望んだ御方』と言った。『王妃様のご両親が守った』ともな。あなたは、ダナン王妃の両親、薬師夫婦《ふうふ》を知っているのか？」

ラファト王子が銀細工の髪留めを一撫でする。

「どこから話せばいいか……出会いは五年前、私は魔獣に追いかけられていました」

遠い過去を思い出しながら、ラファト王子が話す。

「その頃《ころ》には、一族は私だけとなっていて……」

「モディ王から何も支援《しえん》はなかったのか？」

苦笑いしながら、ラファト王子が頷きかける。

「一カ月に一度の所在確認と、食料援助《えんじょ》が少々」

マクロンは眉間《みけん》にしわが寄った。思った以上に過酷《かこく》な状況だ。

「魔獣に追いかけられた私を、薬師夫婦が助けてくれました。それから、一週間ほど一緒《いっしょ》に過ごし色々なことを教わりました。薬草の種と沈静草の種を貰い、育て方を教わりました。魔獣の棲む草原の地で、沈静草を常備しないのは防具もなく素手《すで》で戦うようなものだと呆《あき》れられて」

「よく生き延びていたな」

思わず、マクロンは溢《こぼ》す。

「雑草のように踏《ふ》まれ強いので。……私以外は亡《な》くなってしまいましたが」

ラファト王子が自虐《じぎゃく》的に言った。

「それから、運が良かったと思います。薬師夫婦に出会えたおかげで、この五年は平穏《へいおん》に暮らせました」

沈静草という防具のおかげで、外暮らしで一番危険な魔獣の脅威《きょうい》がなくなったのだ。

「ミタンニに提供した沈静草は、自ら育てたものということか?」

ラファト王子が頷く。

「モディには内緒《ないしょ》で育てていました。薬師夫婦が手伝ってくれて畑を起こしたのです。移動暮らしの草原生活では、その知識はありませんでしたので」

丈《たけ》のある草むらで隠すように畑を開墾《かいこん》したという。

支援は最小限、草原暮らしの王子に勢力をつけさせないために、国内の妃《きさき》らが目を光らせていたようだ。少しでも、収益や収穫《しゅうかく》などあれば、奪《うば》われたという。

「薬師夫婦との一週間は、私にとって幸せな時間でした。それから……」

ラファト王子がマクロンを気にしながら口を開く。

「『娘《むすめ》はお転婆《てんば》じゃじゃ馬だが、どうだろうか？』と言われ、『白馬を準備できるか？』とも。お酒の席での盛り上げ話ですけれど」

マクロンはラファト王子に苦笑いを返す。

ラファト王子も同じく苦笑《くしょう》していた。

「なるほど、確かに『白馬に乗った王子』か。フェリアの理想に一番近いとも言えるな」

マクロンは王様であり、王子様ではないからだ。

マクロンは背後のフェリアに手を伸《の》ばした。

フェリアがマクロンの手を取り、横に来た。

その瞳は潤《うる》んでいる。

「我が王妃、フェリアだ」

マクロンはラファト王子にフェリアを紹介《しょうかい》した。

「お、王妃様⁉」

ラファト王子が慌《あわ》てて、頭を下げる。

「見た目がそれらしくないのは、あなたと一緒ではなくて？」

「ハハ、そうですね。……ご両親にはお世話になりました」

フェリアとラファト王子が笑み合う。

「コラ、我は独占欲《どくせん》の強い王なのだぞ」

マクロンがフェリアの顔を自身に向けさせる。

そうは言っても、7番邸のラファト王子と違《ちが》いマクロンの心は逆立ってはいない。

「マクロン様ったら」

場は穏やかな雰囲気《ふんいき》となった。

「他に何か私の両親とした思い出せる会話は？」

ラファト王子が顔をほころばせ頷く。

在りし日の両親のことを耳にできることに、フェリアは胸を躍《おど》らせた。

「ご両親は、上機嫌《じょうきげん》でした。念願叶《かな》い、色々と得ることができた旅だった、と祝杯《しゅくはい》をあげて。冗談《じょうだん》まじりに、モディ国に立ち寄り王子様（私）との縁談《えんだん》を直談判《じかだんぱん》してくるぞとか、あとは、提供品が良い結果になればいいなとか」

最後の言葉の意味は、誰もが理解できた。

リカッロの美容品三点セットの効果を指しているのだろう。アルファルドの肌《はだ》研究所と、カルシュフォンの村に提供した品のことだ。

「祝宴《しゅくえん》の翌日には、目が覚める酸《す》っぱいお茶を出され、噴《ふ》き出しました。楽しい思い出です」

フェリアもよく使うあのお茶である。

「あとで、淹《い》れて差し上げますわ」

「飲みたいような、飲みたくないような？」

フェリアはクスクスと笑った。

「カルシュフォンの一件で、薬師夫婦が私の両親だとわかったはずよね？　私に助けを求めることもできたのでは？　両親から婿に望まれていたと言って」

7番邸のラファト王子はそれをしたのだ。

こちらのラファト王子は、首を横に振《ふ》る。

「私には、それを証明するものはないですし、酒の席での話を本気にはしませんよ。それに、他国の王妃に迫《せま》るなど、どこのお間抜《まぬ》けさんですか？」

「確かに、そうね」

フェリアは眉目秀麗なお間抜けさんを思い出し、その通りだと頷く。

「私がダナン王妃様にお伝えしたい言葉は一つ、感謝だけです。王妃様のご両親のおかげで……生きてこられましたから。お悔《く》やみでなく感謝を」

ラファト王子の言葉に、フェリアの瞳が再度潤んだ。

マクロンの指がソッとフェリアの雫《しずく》を拭《ぬぐ》った。

フェリアは、大きく深呼吸して気持ちを整える。

「ラファト王子、訊きたいことがあるわ」

「なんなりと」

フェリアは、部屋を見回して紙を手に取った。

そして、何かを描《えが》く。

「これを見たことがある？」

『大葉』に包まれた手帳をフェリアは描いた。

「ご両親が大事そうに持っていました」

フェリアは頷く。それから、また紙を取って描いた。

「では、これは？」

「ええ、こちらも持っていました。その中身こそ、今回の旅の大収穫だと言っていました。

……もしかして、見破られております？」

ラファト王子がおもむろに銀細工の髪留めを探《さぐ》り、何かを取り出した。

「ここに、一つ。王妃様のご両親からいただきました。お守り代わりだと」

ラファト王子の手には五角形の星形があった。

フェリアは瞳を閉じる。両親が、それをラファト王子の髪留めに仕込む様子が想像できた。

「そのままお守りにして」

ラファト王子が安心したように、髪留めに五角形の星形を差し込む。

フェリアの表情は、それを慈《いつく》しんでいるかのようだ。

「マクロン様、あとはお任せします」

マクロンはフェリアの腰を抱《だ》きながら、ラファト王子に向く。

「ダナンに、第十三王子ラファトがもう一人いる」

「え？」

ラファト王子が驚《おどろ》いた顔をする。

「え、ちょっと、待ってください！　どういうことです？」

「いや、こっちこそどういうことなのかと、困惑していた。だが、あなたは先ほどモディ国第十三外王子ラファトと名乗ったな？」

「はい、私は草原暮らしの外王子です」

ラファト王子が、草原でハンスと元近衛隊長にした外王子の呼び名を説明する。

「なるほど、建国前に生まれた王子は外王子になるのか。建国後の王子と合わせて二十六人の王子……」

マクロンが呟く。

ラファト王子がしばし考えてから口を開く。

「モディ国第十三王子ラファトは私一人しか存在しませんが、モディ国第十三王子なら他に名乗れる者は存在します。建国前の王子が十三人、建国後も十三人の王子が生まれたのですから」

マクロンはラファト王子と頷き合う。

「なるほど、第二十六王子は、第十三王子とも名乗っていると？」

「推測になりますが。それに跡目争い中ですから……」

ラファト王子が苦笑いした。

名を騙って暗躍《あんやく》し、跡目争いを生き抜く。そういうことなのだろう。

「建国後の第十三王子の名を教えてくれないか？」

「……確か、モファトだったような。私は草原暮らしだったので、建国後の王子と面識があまりなく」

ラファト王子が申し訳なさげに言った。

「ちょっと待って」

フェリアは、ラファト王子の言葉からある疑問が湧《わ》き上がる。

「二十六人も王子がいて、二十五人を討《う》つのでしょ？　どうやって、相手を特定するの？」

マクロンもフェリアの気づきにハッとする。

「髪留めが目印です。外で生まれた王子は銀、国内で生まれた王子は金。これを外すのは、求婚《きゅうこん》の時だけとしきたりで決まっています」

マクロンとフェリアは絶句した。

7番邸のラファト王子は、金のそれを使った。受け取らなかったのは正解だったのだ。否、受け取るという選択肢《せんたくし》などマクロンとフェリアにはなかったが。

「これを外してしまえば逃げおおせるとわかっているのに……自分がどこの誰であるかを唯一《ゆいいつ》証明する物で、これだけが拠《よ》り所《どころ》で……」

ラファト王子が眉《まゆ》を下げて笑った。

「んっ」

ラファト王子が喉を鳴らす。グッと堪《こら》えている表情だ。

ローラがすぐに傷口を確認する。

「大丈夫《だいじょうぶ》です。この場が安全すぎて……」

ラファト王子が空笑いした。彼の今までの生活では、同じ程度の怪我《けが》を幾度《いくど》も経験してきたのだろう。それを、気力と根性《こんじょう》で治してきたのかもしれない。

「体に無理をさせてすまなかった。ゆっくり休まれよ。今後は」

マクロンはフェリアを見る。

ラファト王子をどうするかを、フェリアに問うように。

ハンスと元近衛隊長が守り切った命、ゲーテ公爵がなんとかしてほしいと願った命、そして、フェリアの両親が守った命。跡目争いから守り抜きたい命なのだ。

それは、この場にいる皆も同じだった。

その視線の意味に気づかぬフェリアではない。フェリアは『フフ』と笑った。いいことを思いついたとばかりの顔つきだ。

「カロディアは療養《りょうよう》の場で、フーガは悪事を企《くわだ》てた者の場と相場が決まっているわ」

二人の王子の行き先は決まった。

本当に傷ついた心身はどっちなのか、明白である。

一週間経った。

フェリアはマクロンと一緒に、7番邸を訪《おとず》れる。

バロン公と眉目秀麗な王子が庭を散策している。

「だいぶ良い感じですね」

フェリアは声をかけた。

「ええ、なんとか旅もできるかと思います」

バロン公が今回も手はず通りに答えた。

「バロン公のお墨付《すみつ》きなら安心ね。バロン公は先にカロディアに向かって、出迎《でむか》えの準備をお願いしますわ」

「かしこまりました」

バロン公が眉目秀麗な王子の肩をポンポンと叩《たた》いてから門扉《もんぴ》を出ていった。

「王子、出発の準備をしてもらうわ」

眉目秀麗な王子の顔が明るくなっていく。

フェリアとバロン公の会話で、自分の体の状態が改善し、カロディアに行けると理解したからだ。

「さて、王子の出発は明日だ。茶でも嗜《たしな》んでから、準備してくれ」

三人はティーテーブルに腰《こし》かける。

ケイトが薬草茶を運んできた。

「目が覚める薬草茶よ」

マクロンとフェリアは澄《す》ました顔でカップに口をつける。

眉目秀麗な王子も、安心して喉を通したが、やはりむせた。

「目が覚めるでしょ？」

「コホ……まあ、そうですね」

笑みが引きつっている。

「五年ぶりでしょ、それを飲んだのは」

眉目秀麗な王子が訝《いぶか》しげにフェリアを見る。

「酒宴《しゅえん》の翌日に飲むはずだもの。懐《なつ》かしいのではなくて？」

「……そう！　ええ、飲みました。五年ぶりですね」

フェリアは、『フフ』と笑う。

「楽しい酒宴だったのでしょうね」

フェリアはまた『フフフ』と笑った。

「想像に容易《たやす》いわ。両親は、アルファルドとカルシュフォンに向かった後、魔獣の棲む草原にも足を延ばした。沈静草の行商をしながら、草原を移動していく」

一口喉を潤《うるお》して、フェリアは続ける。

「そんな時、モディ国の第十三王子と出会った。両親は、彼を私の婿に望んだわ。いえ、婿候補だっただけね。それで、沈静草の取引のつてのつてのつてを辿って、モディ王と酒を酌《く》み交《か》わすことに成功したのだわ。たくさん王子がいるのだから『一人ぐらいくれまいか』とでも直談判したのかしら？　私の娘は『白馬に乗った王子様』を夢見ているから……なんて言葉を想像できる。どうとでも取れるように冗談まじりで口にしたのね」

フェリアのカップに、新しい茶が注がれる。

三人それぞれに、小さな茶菓子《ちゃがし》も配られた。

「酒の席なら、こう言うだろう。『どの王子を所望《しょもう》か？』そうモディ王は言ったのではないか？」

マクロンが肩を竦《すく》める。

「もちろん、両親は第十三王子を指名する。そこにあなたがいた」

フェリアは眉目秀麗な王子を見る。

草原で第十三王子に出会い、モディ王城内でも第十三王子に出会う。両親の指す第十三王子と、その場にいる第十三王子とが違っても、酒宴での話は齟齬《そご》なく進む。

「モディ王はこちらへの『嫁入《よめい》り』ならいいが、そちらの『婿取り』は叶わんと言ったのね。両親は残念だが仕方がないとでも言ったはず」

「おかしいな？　婚約《こんやく》は成さない、『ノア』は出てこないではないか」

マクロンが発する。

「マクロン様、これは私の想像の話ですわ」

マクロンとフェリアは眉目秀麗な王子を見て微笑んだ。

眉目秀麗な王子も微笑み返し、自分の番がきたとばかりに口を開く。

「少々、話の前後が違いますが、ご両親は『嫁入り』を了承《りょうしょう》して、父モディ王は『ノア』を婚約の証《あかし》として譲《ゆず》ったのですよ」

フェリアの想像が、第十三王子はモディ王との酒宴前に会っている設定だから前後が違うと指摘したのだ。

「フフ、私の想像はまだ終わっていませんわ。出発のはなむけですから、ご静聴《せいちょう》を」

「想像の話なら好きに紡《つむ》げよう。今は亡き幸せなご両親の様子を想像し、心を満たしているのだ。王子よ、最後まで聞こうではないか」

マクロンの言葉に、眉目秀麗な王子は頷くしかない。

「両親は第十三王子をとても気に入っていたわ」

フェリアの言葉に眉目秀麗な王子が満足げに微笑む。

「『草原暮らしの王子』なら行商も苦ではないだろうしと、惜《お》しい気持ちを口にしたの。お転婆娘と一緒に行商をして『取引手帳』を継《つ》いでほしいものだとも言ったのかしら？」

この会話をしたなら、モディ王は王城暮らしの王子でなく、草原暮らしの王子のことだと理解したことだろう。

眉目秀麗な王子の喉がゴクンと動く。手帳という言葉に思わず反応したのだろうか？

それとも草原暮らしの王子という発言が気になったのか？

フェリアは続ける。

「そう……草原暮らしと行商。両親は、草原で魔獣を観察すると同時に、草原の暮らしも見てきたわ。旅の行商人から物資を購入《こうにゅう》する暮らし。沈静草がそう、草原で暮らすには必要だもの。……広大な地があるのに、育てないのは元々が移動生活で、開墾の知識がないから」

31番邸のラファト王子の発言で気づいたことだ。

フェリアは顔を上げて、眉目秀麗な王子を見る。

「不思議よね？」

眉目秀麗な王子はフェリアの問いの意味がわからず、首を傾《かし》げた。

「とても不思議。『ノア』がモディ国から両親に渡った？　どうやって、『ノア』をモディ国は育てたのかしら？　沈静草さえ、未《いま》だに行商人から買っているのに？」

「あ」

眉目秀麗な王子が声を溢す。しかし、すぐに表情を戻して笑みを浮かべる。

「『ノア』は行商人から手に入れたのです。モディで育てているわけではありません」

「そうでしたか。こちらの勘違《かんちが》いでしたのね」

「ええ、そうです。私も明確には口にしていませんでしたね」

フェリアと眉目秀麗な王子は、互《たが》いを探るように微笑み合った。

「不思議が解決すると、また次の不思議が出てくるわ。『ノア』は稀少《きしょう》な種。発芽率も育成率も低く、薬師らが研究を重ねている。魔獣の棲む草原で、沈静草さえ育てていないモディ国に『ノア』を売る？　植物の栽培《さいばい》をあまり手がけていないモディ国に、稀少な種を？」

「ハハハ、旅の行商人が、薬師だけとは限りませんよ。色々な物資をモディでは取引していますから」

眉目秀麗な王子は余裕《よゆう》の笑みをフェリアに向けた。

「では、『ノア』が必要なほど重病者がいたのですわね」

「いえいえ、モディは物資の取引が盛《さか》んな国ですから、『ノア』を入手できたのです」

「私ったら、両親が薬師だったので視野が狭《せま》くなっておりましたわ」

フェリアはそこでカップを手に取った。

口をつけると見せかけて……。

「『ノア』を取引して、『ノア』を両親に譲ったのなら、王子はもちろん『ノア』を目にしたことがおありよね？　薬師でさえ取引が難しい『ノア』。つまり、薬師であっても実物を目にすることが難しいのが『ノア』。それを身元も知らぬ薬師夫婦に簡単に譲るほど、モディ国は『ノア』の取引が確立しているのですよね。羨《うらや》ましい限りですわ」

ここまでの会話で、フェリアが『ノア』の出所に疑問を持っていることが伝わっただろう。

眉目秀麗な王子が唾《つば》を飲んだのがわかった。

返答の時間を稼《かせ》ごうと、眉目秀麗な王子もカップを手に取った。

「私が想像するに……酒宴時、『ノア』はモディ国にあったのではなく、両親の方にあったのではないかしら？」

フェリアはやっとカップに口をつける。

31番邸のラファト王子は両親の言葉を教えてくれた。

モディ王に会う前の言葉になる。

『念願叶い、色々と得ることができた旅』だったと。

『今回の旅の大収穫だ』と。

それをフェリアの両親は、お守りだと言って、31番邸のラファト王子の髪留めに仕込んだのだから。

「面白《おもしろ》い想像ですね」

眉目秀麗な王子が言った。

「お茶会に面白い話はつきものよ。楽しんでいただけたなら幸いね。出発前に、もっと楽しんでいただかなくては」

フェリアは、お茶菓子を手に取った。

「これ、可愛《かわい》らしいでしょ」

大きさは小指の爪《つめ》ほど。五角形の星形をフェリアは摘《つ》まんでいる。

眉目秀麗な王子は、突然《とつぜん》の話の展開についていけない。

「実は、お茶菓子ではないの」

フェリアはにっこり笑った。

「『ノア』よ」

言った後のフェリアの顔に笑みはない。ただ、ジッと眉目秀麗な王子を見ている。

「っ……ご冗談を」

フェリアは眉目秀麗な王子をキッと睨《にら》む。

「これは、正真正銘《しょうしんしょうめい》『ノア』よ！」

眉目秀麗な王子がたじろいだ。

「『ノア』を証とした？　テーブルにずっと置かれた『ノア』をわかっていなかったのに？　お言葉をお返しするわ、ご冗談を！」

眉目秀麗な王子の目が泳ぎ出す。どうすればいい、どう口にすればいい、それが目の動きに表れている。

「ほ、本当に、それは『ノア』なのですか？」

「モディ国が取引している『ノア』がこれでないなら、その取引をすぐに止めるべきね。

偽物《にせもの》を摑《つか》まされて、大金を払《はら》っているのだから」

眉目秀麗な王子が唇《くちびる》を噛《か》む。

「我からもひと言言わせてもらおう。ダナンでも『ノア』の取引は容易ではない。いや、現状取引などない。新興国モディが『ノア』を取引して手に入れた？　ここが公《おおやけ》の場でなく良かったな。失笑《しっしょう》しか出ないぞ」

マクロンが呆れたように告げた。

眉目秀麗な王子の視線がテーブルの『ノア』に向く。

「これは、数代前の王が入手した『ノア』だ。それでも、たったこれだけしかない稀少な種であり、薬だ。薬として飲めば消え、蒔《ま》いても発芽率も育成率も低く消えていく。モディ国が『ノア』を栽培し、出所だったなら、身元も知らぬ薬師夫婦に安易に譲るのは理解できるがな」

眉目秀麗な王子の逃げ口を潰《つぶ》した。

眉目秀麗な王子の手が拳《こぶし》を作り、腿《もも》の上で耐《た》えている。そして、ゆっくりと口を開いた。

「……実を申しますと、薬師夫婦は……私がどうしても欲《ほ》しい、そうおっしゃいまして、『ノア』を少し譲るのでと、父に……モディ王に再度『婿取り』を口にしたのです。稀少な種と跡目争い離脱《りだつ》を交換《こうかん》できるかと」

言い切った後に、眉目秀麗な王子が小さく息を吐き出した。

マクロンとフェリアは一瞬《いっしゅん》視線を交わす。まだ、嘘《うそ》を織り交ぜているのかと呆れるばかりだ。

フェリアの両親が望んだのは、面前の王子ではないのだから。

眉目秀麗な王子が立て直してくる。

「跡目争いの草原の習わしは絶対で、話は流れたのですが、カルシュフォンの一件でダナン王妃様のご両親だとわかり、父モディ王は私に親書を託《たく》しました。昔のよしみと言ってはおかしいでしょうが、私の要望を聞いてはくれないかとしたためてくれたのです」

眉目秀麗な王子は、まだ諦《あきら》めていないようだ。

「これが、全てです。手札は明かしました。往生際《おうじょうぎわ》が悪いと自分でも思います。ですが、跡目争いという恐怖《きょうふ》から逃げたい私の弱さなのです」

それはもう儚《はかな》げに、眉目秀麗な王子が演じる。

「私は『面』しか誇《ほこ》れるものはありません。沈静草を得て帰国しても、生き残る力はありません。ずっと、ダナンに留《とど》まりたかった。父モディ王の望みと、私の望みは反していました。私の心は、もがき苦しみ、胸の痛みで気を失うほど。王妃様にお伝えしたくとも……カロディアで匿《かくま》ってもらうまではと、必死だったのでございます」

上手《うま》く、眉目秀麗な王子は話が繫《つな》がったと悦《えつ》に入《い》っていよう。

「王子、本当のことを口にしている？」

フェリアは問う。

「王子よ、ちょっとでも隠し事があれば容赦《ようしゃ》はしないぞ」

マクロンも続けた。

「そのようなことは、ありません！」

眉目秀麗な王子が、潤んだ瞳をマクロンとフェリアに向ける。

「王子、いい加減気づいてほしいわ」

フェリアはため息をついた。

「ああ、この茶番を続けるのか、王子よ」

マクロンが眉目秀麗な王子の肩に手を置く。

「王子？」

再度強めに問うた。

そこで、眉目秀麗な王子が異変に気づく。

「お、お……王、子」

自身がお茶会の最初から、名を呼ばれていないことにやっと気がついたようだ。

「王子の配下は、本当に優秀《ゆうしゅう》だな」

マクロンは、背後に控《ひか》えるビンズに合図を出す。

ビンズが、門扉に向かっていき、合図を受けた第四騎士隊隊長ボルグが、面前の王子の配下十名を連れてきた。

ハンスと元近衛隊長にやられたのか、十名のうち口を開ける状態の者は四名ほど。あとは、ぐったりと地面に崩《くず》れている。

セナーダの診療所《しんりょうじょ》で捕《と》らえたのだ。

「この者らは、王子の配下で間違いはないな？」

眉目秀麗な王子は押し黙る。

「この者らが、ダナンの忠臣に深手を負わせたのだ。なぜ、そのようなことをしたのか知りたいだろう。我は王妃とは違い、弁明の時間など与えない。何度も真実を口にする時間があったのに、その口は最後まで自身に都合の良いことしか発しなかったな」

マクロンは、眉目秀麗な王子の肩に置いていた手に力を込《こ》めた。

「ミタンニに、モディィ国の王子が沈静草を提供してくれて、魔獣の暴走を抑《おさ》えることができた。ダナンの忠臣がその王子をダナンに連れてきたのだ。だが、国境で襲撃された」

マクロンは顎《あご》で配下を指す。

「モディィ国の王子を狙うのは当たり前です。跡目争いですから。モディィ国の王子と一緒だったので、配下だと思っての攻撃《こうげき》だったのです」

「つまり、手はず通りだったのだな。魔獣の暴走を合図に跡目争いが始まったら、国境ダナンに向かう王子を待ち伏《ま　ぶ》せして『首』を取れと」

眉目秀麗な王子がハッと表情を変える。

マクロンは侮蔑《ぶべつ》に満ちた瞳で眉目秀麗な王子を見る。

「おかしなことに、襲《おそ》われたモディ国の王子は第十三王子だと言うのだ。ダナンには、すでに自称《じしょう》第十三王子がいる」

自称第十三王子の顔が歪む。だんだんと追い詰められていることは理解しただろう。

「ダナンの忠臣と一緒にやってきた第十三王子ラファトが言うには、草原で身包《みぐる》み剝《は》がされて配下も居なくなったそうだ。その配下五名もここにいる」

マクロンは淀《よど》みなく言葉を続ける。

「そうそう、跡目争いでは王子らに五名ずつ配下がつくそうだな。裏切りは常で、期待できない王子の配下は、手土産《てみやげ》を持って他の王子へ与《くみ》すると聞いた」

マクロンは配下の肩に剣《けん》を置く。

「詳細に証言してもらおうか、何を手土産にこいつに与したのだ？」

「わ、私は、草原暮らしの第十三王子ラファト様へ跡目争いの伝達文書だけを渡し、こちらの王子様に親書を手土産として渡しました！　そして、ラファト王子様を身包み剝がしてから、こちらの王子様に与したのです！」

証言した配下が視線を自称第十三王子に向ける。

自称第十三王子の額に冷《ひ》や汗《あせ》が流れ始める。

マクロンはフェリアのお側騎士に目配せし、自称第十三王子の背後に立たせる。

自称第十三王子に逃げ道は作らせない。

「さて、まとめようか。モディ王から跡目争いの伝達文書が、五名の配下と共に配られる。それぞれの王子に沈静草を納めよとの指示が出されていた。モディ王はカルシュフォンの一件で、薬師夫婦を思い出しており、第十三王子ラファトには、伝達文書の他にダナン行きの親書を託す。ミタンニの民《たみ》のことも含め、今後ダナンと繫がっておくのも手だと思っていたのだろう。親書は、有利に交渉《こうしょう》できるように含みを持たせて記されていた。その親書を届ける配下を買収したのだな。親書を届けなかっただけでなく、第十三王子ラファトから身包み剝がした配下は、お前に与した」

逃《のが》れようのない事実がマクロンによって告げられていく。

「第二十六王子モファト」

ラファト王子の名を騙ったモファト王子の体がビクンと反応した。

「望みを叶えてやる。追っ手や刺客《しかく》が手の出せない地が、ダナンにはあるからな。助けてほしいのだろ？　フーガに送ってやろう。追っ手や刺客が草原の者なら、泳げはしないし、船もなかろう。一番、安全な場だ」

モファト王子が嫌《いや》だとばかりに何度も首を横に振る。

そこで、フェリアが口を開く。

「モファト王子、身一つで行ってもらうわ。その懐《ふところ》の物は置いていってね」

フェリアの言葉に、モファト王子の目が見開かれる。

「そんなに驚くことかしら？　気を失った者の身体検査をしないわけがないじゃない」

「そ、んな……じゃあ」

「ええ、手帳のことはもう承知しているわ。私の両親から盗《ぬす》んだのよね？　本当は、『ノア』を奪いたかったのかしら？　薬師の行商は常に狙われるもの」

フェリアの合図で、モファト王子は拘束《こうそく》され、懐から『大葉』に包まれた手帳が取り出される。

「酒宴で縁談話は成立しなかったの。だって、両親が望んだのは『嫁入り』でなく『婿取り』。『ノア』を交換条件に出したけれど、モディ国では『婿入り』は相手が王族でないといけないから成立しなかった。両親は『ノア』を懐にモディ国を去る。あなたは『ノア』を欲《ほっ》した。後々やってくる跡目争いに備えるために必要だったから。襲撃したけれど、奪えたのは解読不能な『手帳』だけ。悔しかった？」

モファト王子の瞳が目まぐるしく動く。

「薬師夫婦の素性《すじょう》がわかり、時を同じくして跡目争いを行うことが宣言された。あなたの最大の望みは次代の王になること。兄弟が最後の二人となるまで安全な場にいて、いよいよという頃にモディ国に戻る。どうしても、第十三王子ラファトに渡る親書が必要だった。ダナンでも得たい物があったから。最後の戦いのために、モディ国を安全に移動するための沈静草と、『首』をかけた一戦で致命傷《ちめいしょう》を負った時のために起死回生の策として『ノア』が」

そこで、フェリアは『大葉』に包まれた手帳を掲《かか》げる。

「この手帳を解読すれば、『ノア』の出所がわかるはずだ。沈静草もカロディアからいただこう。次代の王は私だ！　そんなところかしら？」

フェリアに全てを言い当てられたようで、モファト王子は固まっていた。

「リカッロ兄さん！」

フェリアが呼ぶと、リカッロが薬液の入った薬壺《つぼ》を肩に担《かつ》いでやってきた。

「モファト王子、あなたは勘違いしている。この手帳にはなんの意味もないの。本題はこっちよ」

フェリアは『大葉』を薬壺に浸《ひた》す。

『大葉』を使った連絡方法は秘事であるが、『魔獣の毛と大葉の繊維《せんい》で作った秘紙』さえ明かさねば問題はない。

浸した『大葉』を取り出し、ランタンの火によってあぶる。

徐々《じょじょ》に文字が浮かび上がってきて、モファト王子が身を乗り出した。

「『ノア』の取引内容か⁉」

フェリアがクスッと笑う。

「これは、私の婿候補一覧よ」

「この一番下を見てみろ、モファト王子よ」

マクロンは指を差した。


『第十三王子ラファト　モディ国　草原』


モファト王子が脱力《だつりょく》する。

「無駄足《むだあし》だったわね、モファト王子」

モファト王子が、そろそろとテーブルの『ノア』に手を伸ばすも、フェリアの扇子《せんす》がピシャリと叩く。

「往生際が本当に悪いのね。でも、その踏まれ強い精神力は賞賛ものね」

フェリアの言いように、マクロンは笑った。どっちの王子も『ノア』並みだと言い表したのだから。

「……往生際が悪いついでに、本当に手帳には意味がないのか？　あれを解読できないのか？　バロン公とやり取りしていただろう」

モファト王子が呟いた。

「あれは、鎌《かま》をかけただけ」

「そ、うか……確かに、あの時点でもう罠《わな》に嵌《は》まっていたか」

「手帳を解読できるのは両親だけよ」

フェリアは肩を竦めた。

リカッロが、手帳を手に取った。手帳を開いて、突如《とつじょ》笑い出す。

「ブッハッハッハ」

リカッロが涙を流しながら笑っている。

「これ、久しぶりに見た。お前が小《ち》っさい時に、初めて書いた奴《やつ》だ。父さんも、母さんも、フェリアが初めて書いたって、そりゃあ、嬉《うれ》しそうに眺《なが》めていた手帳だ」

「へ？」

フェリアが目を瞬《しばたた》かせる。

「そうそう、これこれ、このページは絵らしいぞ」

リカッロが、手帳をペラペラ捲《めく》ってから掲げる。

皆の視線がリカッロに集中した。

あの奇妙《きみょう》な文字をリカッロは理解しているのだ。

「このページは、『白馬に乗った王子様』！」

いている。

「やめてぇぇぇ！　兄さぁぁぁん！」

フェリアは、リカッロから手帳をかっ攫《さら》うと、胸の前で抱き締《し》めて『嘘、嘘よね』と呟いている。

「確かに、見たことがあるようなと思っていたのだ」

マクロンは何かを思い出したのか、おもむろに懐から手帳を取り出した。

「ほら、このデフォルメの具合は似ている。フェリア、これは八足馬魔獣だろ？　馬の形態が似ている」

「あー、それ、嬢《じょう》の魔獣図鑑《ずかん》……失礼しました」

ローラが思わず呟いた。

「リシャ姫《ひめ》のはこれだ」

リカッロが、リシャ姫が描いた八足馬魔獣をテーブルに広げた。

「これが、同じ魔獣を描いたもの。フェリアの方も、わかる奴はわかる。ガロンとか……ガロンとか、そう、ガロン、たぶん、七人の幼なじみも理解できるはずだ」

「私もわかるぞ」

なぜか、マクロンが張り合っている。

その場にいる全員が、八足馬魔獣のスケッチを見比べて、首を捻《ひね》っている。

モファト王子は、魂《たましい》が抜け落ちたような顔で座っている。

そして、フェリアは……

「皆のばかぁぁぁ――」

マクロンからも手帳を奪うと、一目散に走って出ていったのだった。

8 ◆◆◆◆ フェリアしか見ていない

絶賛、フェリアに嫌《きら》われ中のマクロンは、ため息をついて王妃《おうひ》宮を眺《なが》めている。

「どうして、こうなった？」

「不用意なひと言……ならぬ、二言、三言のせいでしょう」

ビンズが口元の笑《え》みを手で隠《かく》しながら答えた。

「目も合わせてくれんのだ」

マクロンはショボーンと項垂《うなだ》れている。

「早く仲直りしてください。明日には、王都の視察ですよ。民《たみ》が王様、王妃様にどうしても謝りたいと切望しているのですから」

モファト王子の件は、少々の脚色《きゃくしょく》を入れて公表した。

モディ国で跡目《あとめ》争いが始まり、第二十六王子モファトが第十三王子ラファトを騙《かた》って、ダナンに来たこと。その『面』で王妃フェリアに取り入り、カロディアで匿《かくま》ってもらおうとしたこと。跡目争いが佳境《かきょう》に入った頃《ころ》、カロディアの沈静《ちんせい》草を奪《うば》ってモディ国に帰り、次代の王に名乗りをあげようと画策したと。

そして、本物の第十三王子ラファトが、ミタンニに沈静草を提供したこと。ダナンの忠臣が秘密裏《り》に、第十三王子ラファトをダナンに連れてくる際に、第二十六王子モファトの配下に襲撃《しゅうげき》されたことを。

モディ王は、ダナン王妃との縁談《えんだん》話を、含《ふく》みを持たせてしたため、沈静草を強請《ねだ》ったこと。その親書を第二十六王子モファトが都合良く利用したこと。本当のところは、王妃フェリアの両親である薬師夫婦《ふうふ》は、第十三王子ラファトを望んでいたことも公表したが、三十一人の婿《むこ》候補の一人に過ぎなかったと。

『ノア』を公《おおやけ》にしない脚本《きゃくほん》だ。

「邪魔《じゃま》はしませんから、さっさと王妃様のところに行きますよ」

ビンズが、マクロンの背を押した。

トボトボとマクロンは歩く。

ビンズももちろん、マクロンと一緒《いっしょ》に31番邸《てい》に向かった。

フェリアは、今日もまた膝《ひざ》を抱《かか》えて座っている。

政務以外はずっとその姿勢のままだ。

「あの、王妃様。パンでも」

「作らないわ」

ゾッドが声をかけるが、けんもほろろで返される。

「じゃあ、ひと勝負するさね」

「結構よ」

ローラが誘《さそ》うが即行で断られる。

「では、縫《ぬ》い物《もの》などいかがです？」

ケイトが布を差し出す。

「……王妃はそんなことはしないって前に言っていたじゃない」

フェリアはツーンと顔を逸《そ》らした。

膝の上に顎《あご》を乗せて、ジッと畑を眺めている。

もう、皆《みな》お手上げだった。

へそを曲げた、まさにそれだ。

「王妃様」

フェリアに声をかけたのは、ラファト王子である。

フェリアは、すぐに王妃の顔に戻《もど》る。

スッと立ち上がり、ラファト王子と一緒に歩き出した。

「出発の準備はできたかしら？」

「はい」

ラファト王子の行き先は、カロディアである。

厳しく長い草原暮らしで無理をしてきた体を、カロディアで療養《りょうよう》することになっている。

明日の視察と同時に、ラファト王子も王都の民に顔見せをして、見送られる算段だ。

「バロン公《こう》が一緒だから、我慢《がまん》せずに体の不調は言ってくださいね」

フェリアはラファト王子に微笑《ほほえ》む。

「『養子』になるのですから、バロン公は『父』となりますよ」

ラファト王子が声を詰《つ》まらせながら『はい』と答えた。

跡目争いから唯一逃《ゆいいつのが》れられる条件は、他国の王族に与《くみ》すること。バロン公が、ラファト王子を引き受けたのだ。

「そうだわ、私からもお守りを」

フェリアは、ラファト王子にウィンクする。

ラファト王子が一瞬戸惑《いっしゅんとまど》ったが、フェリアの意図に気づき膝を折った。

フェリアは、髪《かみ》留めに『ノア』を仕込んだ。

「両親の分と私の分で二つ。王族に与したことになるとはいえ、モディ国の次代の王から狙《ねら》われないとは限りません。父と子の二人分のお守りよ。お守りには使い方と、使い時があるわ。父バロン公から教えてもらってね」

「ありがたき幸せでございます」

ラファト王子が立ち上がる。

また歩き出し、『ノア』の畝《うね》のところまで来た。

「元倉庫番もカロディアで療養するわ。あなたにお目付役をお願いしてもいいかしら？」

ハンスは辛《かろ》うじて意識を取り戻したが、動かせぬ体にもかかわらず頑固《がんこ》に王城から退こうと言うことを聞かない。

フォレット家を抜《ぬ》けた矜持《きょうじ》なのだろう。

「かしこまりました。……でも、動けるようになったら、すぐに姿を消しそうな方ですよね？」

「フフ、そうかもね」

ハンスなら、ミタンニに戻ることだろう。ミタンニ復国を陰《かげ》で支える命をマクロンから受けているのだから。

ラファト王子が小さく息を吸う。

「モファト王子は？」

「フーガ行きよ」

「モディ国にはなんと？」

「ダナン忠臣を襲《おそ》った罰《ばつ》として配下共々フーガの幽閉《ゆうへい》島に送っているが、モファト王子を狙えるものならお好きにどうぞと。もちろん、船は出さないし、溺《おぼ》れていても助けないとも加えたわ」

「なるほど」

ラファト王子が頷《うなず》く。

「それから、跡目争いにダナンを巻き込んだ迷惑《めいわく》料として、帰国を希望するミタンニの民を要求したわよ。特使でなく正規の使者を遣《つか》わせてね」

モディ王の特使を遣った親書は絶妙《ぜつみょう》だった。秀逸《しゅういつ》だったといっても良い。

モディ王は、薬師夫婦と酒宴《しゅえん》をしただけの話を、さも婚約《こんやく》が成っているかのようにも読み取れる親書をしたためたのだ。特使としてダナンに向かう王子には、これを上手《うま》く使って沈静草を手にしてこいとでもいうような。

正直に、昔薬師夫婦と沈静草を取引した。その取引を引《ひ》き継《つ》いでほしいとしたためれば良かっただけなのに。

「まだ、続きがあるわ。『兄弟で国を発展させているダナンとミタンニと違《ちが》い、たった一人の力だけで小さく治まるなんて、こぢんまりとしていて羨《うらや》ましい限りですわ』と私もダナン王妃名で追加しましたの」

ラファト王子が噴《ふ》き出した。

「締《し》めの言葉は『次代の王が決まらんことを』としたわ」

フェリアは自慢《じまん》げに胸を張った。

「お転婆《てんば》でじゃじゃ馬、口達者も入っているとは」

「それ、褒《ほ》めています？」

フェリアとラファト王子は声を出して笑った。


楽しげに語らう二人を目にして、マクロンがショボボボーンと萎《しお》れた。

「いつもなら、割って入るのにどうしたのです？」

ビンズが情けないとでもいうような視線を投げる。

「ちゃんと説明すればいいのです！」

「何をだ？」

「王妃様の画力に関してですよ！」

「そんなことをしたら、もっと嫌われよう」

「真実を伝えればいいのです！」

「前衛的描写《びょうしゃ》と斬新《ざんしん》的デザインをか？」

「そこではない方です！」

「……よく見る対象は詳細《しょうさい》に描《えが》けると？」

「もっと具体的に言うのです！」

「そ、それは、恥《は》ずかしいではないか」

マクロンとビンズの白熱したやり取りは、もうフェリアの耳にも入っている。

「王様は、王妃様にとって全てがよく見る対象です！」

「私を描いたら王家専任絵師以上の出来映《できば》えだなどと、自分で口にするなんて、どんな羞恥《しゅうち》の罰なのだ」

「実際にそうでしょうに！」

「『私だけは上手く描けている。私だけをずっと見ているからだろう』そんな台詞《せりふ》が吐《は》けるか⁉　どこぞのうぬぼれやじゃあるまいし」

「王妃様に出会ってからは、ずーっとうぬぼれておりましたのに、何を今さら」

ビンズが鼻で笑う。

「なっ、そんなわけなかろうに」

「じゃあ、どうしてスケッチブックをお持ちで？」

マクロンは怯《ひる》む。

「そのスケッチブックは、王妃様が王様を想《おも》って描いています。それを見て、自信を持ってください」

ビンズに促《うなが》され、マクロンはフェリアのスケッチブックを開く。

前衛的描写と斬新的デザインの魔獣《まじゅう》に続き、マクロンの描写になる。


『三十一日の王様』～初めてお会いした日～

『お茶会』～お茶を選んでいただいた日～

『荒事《あらごと》』～侵入《しんにゅう》者から守っていただいた日～

『意向面談』～お傍《そば》にと誓《ちか》った日～


そのどれもがマクロンを詳細に描いている。マクロンの描写はまだ続いている。

「あの時、眠《ねむ》ってしまったな」

胡座《あぐら》で腕組《うでぐ》みし、目を閉じるマクロンを描いたページだ。

マクロンの顔に笑みが浮《う》かぶ。

「ガロンが言っていた。フェリアは的しか描かないと」

「王妃様の一番の的は、王様です！」

「私としたことが、何をくよくよとしていたのか。フェリアにちゃんと言わねば」

マクロンはスケッチブックから顔を上げた。

そこに、真っ赤な顔をしたフェリアがいる。

「フェリア！」

マクロンは破顔した。

「あう」

フェリアがなんとも可愛《かわい》らしい声を出した。

「フェリア、フェリアの画力は」

「知っています！　わかっています！　言わなくてもいいです！」

「いや、ちゃんと聞いてくれ。フェリアは私しか見ていない！」

ん？

31番邸の時が止まる。

「い、いや、そうじゃない。そうだけど、短くしてしまった」

マクロンは真っ赤になりながら、言った。

マクロンもフェリアも真っ赤である。

「あー、熱い、熱い。体調をバロン公に診《み》てもらいます」

ラファト王子がヒラヒラと手を振《ふ》りながら出ていった。

「私は、明日の視察の準備を」

ビンズも踵《きびす》を返《かえ》す。

もちろん、ゾッドやローラも、皆が息を合わせたように引いていった。

マクロンの視線はどことなしにさ迷う。

フェリアが、マクロンの上着の裾《すそ》を引っ張る。

「私はもちろんマクロン様しか見ておりませんわ。マクロン様は？」

マクロンは、上目遣《うわめづか》いに見上げるフェリアの視線を捉《とら》える。

「フェリアしか見ていない」

マクロンはフェリアの額に自身のそれをコツンと当てた。

二人の瞳《ひとみ》には二人以外は映らないのだった。

終わり

あとがき

はじめまして、桃巴《ももともえ》です。いえ、もう何度もご挨拶《あいさつ》をしていることでしょう。『31番目のお妃様《きさきさま》』九巻をお手に取っていただきありがとうございます。

九巻あるの？

読者様も思っていたことかもしれませんが、作者自身も思っておりました。

突然《とつぜん》ですが、私は読み切りが好きな読者であります。ミステリーを愛読する者として、解決せず『続巻へ続く』という一冊がどうも好きではありません。一冊解決の、いわゆるシリーズミステリーをこよなく愛しております。

『31番目のお妃様』も同じように一冊納得《なっとく》読み切りで続けてきました。既存《きそん》巻では、上下巻仕様になっている話もありますが、上だけで読み終わっても、スッキリする仕様で物語を展開していいます。

小声でコソッと言いますが、どこで購入《こうにゅう》を止めても読者様にとって読み切りとなるように。（担当様、この一行は目を瞑《つぶ》ってくださいませ）

読み切り仕様ではありますが、全く続いていないわけではなく、特典ショートストーリーなども、本編に登場します。
九巻の図鑑《ずかん》のシーン含《ふく》め、多くのショートストーリーが既存巻では使われております。
読者様に、『あれの話ね』とクスッと笑っていただけていたら幸いです。

イラストを担当してくださる山下《やました》ナナオ様、美男子王子を描《えが》いていただいてありがとうございます。九巻まで多くの素敵《すてき》イラストを描いていただき感謝致《いた》します。
担当様、いつものように原稿《げんこう》量プロットをご理解していただき、ありがとうございます。
今後は、プロットなるものを勉強しようと思います。

何より、九巻を最後《あとがき》まで目を通してくださった全ての方に、再度お礼申し上げます。

さて、作者は読者様に次代の種の芽吹《めぶ》きをご覧に入れることができたでしょうか？

桃巴

■ご意見、ご感想をお寄せください。
《ファンレターの宛先》
〒102-8177 東京都千代田区富士見 2-13-3
株式会社KADOKAWA ビーズログ文庫編集部
桃巴 先生・山下ナナオ 先生

B's-LOG BUNKO
ビーズログ文庫

●お問い合わせ
https://www.kadokawa.co.jp/（「お問い合わせ」へお進みください）
※内容によっては、お答えできない場合があります。
※サポートは日本国内のみとさせていただきます。
※Japanese text only

31番《ばん》目《め》のお妃《きさき》様《さま》 9

桃巴《ももともえ》

2022年11月15日 初版発行

発行者	山下直久
発行	株式会社 KADOKAWA 〒102-8177 東京都千代田区富士見 2-13-3 （ナビダイヤル）0570-002-301
デザイン	伸童舎
印刷所	凸版印刷株式会社
製本所	凸版印刷株式会社

ISBN978-4-04-737254-2 C0193

定価はカバーに表示してあります。

◇◇◇

あっ
ふー
花壇《かだん》にあったレンガで窯《かま》を作ったの
これで美味《おい》しいパンを作れるわ
バーン
では…
早速《さっそく》ですが農機具《のうきぐ》一式《いっしき》が欲《ほ》しいです！
ぽあっ
平民服《へいみんふく》
モ〜
牛車《ぎっしゃ》
回想
ニヤッ
じー…
私《わたし》の荷物《にもつ》の中《なか》に兄《にい》さんの野営箱《やえいばこ》が紛《まぎ》れ込《こ》んでたんです
今頃兄さん慌てているわ
ビーズログコミックスにて
コミックス①~④巻好評発売中!!!
ちょっと（かなり）変わっているお妃様の成り上がり劇★
31番目のお妃様
七輝翼
原作／桃巴（ビーズログ文庫）
キャラクター原案／山下ナナオ